Continhos galantes

SÉRIE L&PM POCKET PLUS

24 horas na vida de uma mulher – Stefan Zweig
Alves & Cia. – Eça de Queiroz
À paz perpétua – Immanuel Kant
As melhores histórias de Sherlock Holmes – Arthur Conan Doyle
Bartleby, o escriturário – Herman Melville
Cartas a um jovem poeta – Rainer Maria Rilke
Cartas portuguesas – Mariana Alcoforado
Cartas do Yage – William Burroughs e Allen Ginsberg
Continhos galantes – Dalton Trevisan
Dr. Negro e outras histórias de terror – Arthur Conan Doyle
Esboço para uma teoria das emoções – Jean-Paul Sartre
Juventude – Joseph Conrad
Libelo contra a arte moderna – Salvador Dalí
Liberdade, liberdade – Millôr Fernandes e Flávio Rangel
Mulher no escuro – Dashiell Hammett
No que acredito – Bertrand Russell
Noites brancas – Fiódor Dostoiévski
O casamento do céu e do inferno – William Blake
O coronel Chabert seguido de A mulher abandonada – Balzac
O diamante do tamanho do Ritz – F. Scott Fitzgerald
O gato por dentro – William S. Burroughs
O juiz e seu carrasco – Friedrich Dürrenmatt
O teatro do bem e do mal – Eduardo Galeano
O terceiro homem – Graham Greene
Poemas escolhidos – Emily Dickinson
Primeiro amor – Ivan Turguêniev
Senhor e servo e outras histórias – Tolstói
Sobre a brevidade da vida – Sêneca
Sobre a inspiração poética & Sobre a mentira – Platão
Sonetos para amar o amor – Luís Vaz de Camões
Trabalhos de amor perdidos – William Shakespeare
Tristessa – Jack Kerouac
Uma temporada no inferno – Arthur Rimbaud
Vathek – William Beckford

DALTON TREVISAN

Continhos galantes

www.lpm.com.br

Coleção **L&PM** POCKET, vol. 343

Seleção de contos em livros diversos publicados pela Editora Record.

Primeira edição: Coleção **L&PM** POCKET em 2003
Segunda edição: Coleção **L&PM** POCKET **PLUS** em 2007
Esta reimpressão: julho de 2010

Capa: Ivan Pinheiro Machado sobre cartão-postal francês anônimo do início do século XX
Revisão: Jó Saldanha e Renato Deitos

ISBN 978-85-254-1335-2

T814c

Trevisan, Dalton
   Continhos galantes / Dalton Trevisan. – 2 ed. – Porto Alegre: L&PM, 2010.
   112 p. ; 18 cm -- (Coleção L&PM POCKET; v. 343)

   1. Ficção brasileira-Contos. I. Título. II. Série.

               CDD 869.931
               CDU 869.0(81)-34

  Catalogação elaborada por Izabel A. Merlo, CRB 10/329.

© Dalton Trevisan, 2003

Todos os direitos desta edição reservados a L&PM Editores
Rua Comendador Coruja 314, loja 9 – Floresta – 90220-180
Porto Alegre – RS – Brasil / Fone: 51.3225.5777 – Fax: 51.3221-5380

PEDIDOS & DEPTO. COMERCIAL: vendas@lpm.com.br
FALE CONOSCO: info@lpm.com.br
www.lpm.com.br

Impresso no Brasil
Inverno de 2010

Dalton Trevisan

DALTON TREVISAN nasceu em 14 de junho de 1925, em Curitiba. Formou-se na Faculdade de Direito do Paraná e liderou o grupo literário que publicou, entre 1946 e 1948, a revista *Joaquim*. Seus primeiros livros, publicados em 1945 e 1946, foram banidos de sua bibliografia: ele declara que, felizmente, não possui sequer um exemplar deles. Na década de 1940, trabalhou no jornalismo. Em 1959, lançou o livro *Novelas nada exemplares* e recebeu o Prêmio Jabuti – a mais importante premiação literária brasileira, mas não foi recebê-lo. Publicou também, entre outros, *Cemitério de elefantes* (1964), também vencedor do Jabuti, *Noites de amor em Granada*, *Morte na praça* (1964), que recebeu o Prêmio do Pen Club do Brasil, e *O vampiro de Curitiba* (1965). Escreveu depois *A guerra conjugal* (1969) – mais tarde transformado em filme –, *Crimes da paixão* (1978) e *Lincha tarado* (1980). Em 1996, recebeu o Prêmio Ministério da Cultura pelo conjunto da obra. Em 2003, dividiu com Bernardo

Carvalho o maior prêmio literário do país – o 1º Prêmio Portugal Telecom de Literatura Brasileira – com o livro *Pico na veia*. É criador de um estilo inconfundível: alia linguagem popular e erudita, valoriza os incidentes do cotidiano e o banal da vida de classe média, e é fiel ao conto – que elabora até a economia absoluta de um haicai –, gênero em que é considerado mestre incontestável entre os escritores brasileiros. Só publicou um romance, *A polaquinha*, em 1985. Seus livros foram traduzidos para o espanhol, inglês, alemão, italiano, polonês e sueco. Pela L&PM Editores, publicou *111 ais* (**L**&**PM** POCKET, 2000), *O grande deflorador* (**L**&**PM** POCKET, 2000), *99 corruíras nanicas* (**L**&**PM** POCKET, 2002) e *A gorda do Tiki Bar* (2005).

SUMÁRIO

Na pontinha da orelha 9
O roupão 22
Cafezinho com sonho 29
Os mil olhos do cego 34
O matador 39
Peruca loira e botinha preta 43
Penas de um sedutor 47
Abismo de Rosas 53
O despertar do boêmio 60
A guardiã da mãe 72
O barquinho bêbado 79
Não se enxerga, velho? 87
O quadrinho 91
Orgias do minotauro 95

NA PONTINHA DA ORELHA

Nelsinho abriu o portão, equilibrou-se nos tijolos soltos e, diante da porta, conchegado no saco de estopa, onde limpava os pés, deu com o Paxá. Tarde o cachorro descobriu que era ele, havia rolado os três degraus com o pontapé. Velho e doente, nem rosnou, apenas gemeu de dor; trêmulo, arrastando a perna, perdeu-se no fundo do quintal. O rapaz bateu na porta e, sem esperar, adentrou a cozinha deserta. Ouviu as vozes do rádio e, pontinha de pé, dirigiu-se para a sala.

Do corredor espiou a velha na cadeira de balanço, tigela erguida ao peito, a engolir com avidez o caldo de feijão. Imóvel à porta, ele não a tinha enganado: a velha sorvia ruidosamente a sopa, sem deixar de seguir a novela. Nada que denunciasse a atenção – nem piscar de pálpebra, nem arfar de narina, escancarada a boca quando a colher ainda na tigela –, sabia de sua presença desde que saltara do ônibus na esquina. Sob a ladainha dos atores percebia o chio do sapato na areia, o leve toque na porta. Jamais lhe deu as costas – não seria ela, velha matadora, quem se descuidasse do touro. O herói ansiava pelo dia em que a surpreendesse no sótão, à beira da escada...

– Boa-noite, dona Gabriela. Já veio a Neusa?
– Trocando de roupa – E segundo a regra do jogo: – Que susto, meu filho, me pregou! – e a colher raspava o fundo da tigela. – O Paxá, coitado, não tem força de latir.

Aviso de que não subestimasse as velhas matadoras: sabia do pontapé no guaipeca do coração. Depositou a tigela na mesa do lado. Mão trêmula, alcançou o copo.

– Tomando sua cervejinha, dona Gabriela?
Expressão obscena de gozo, bebia de olho fechado.
– Ganhei do Noca.
– A primeira?
– É, sim.
– Acabou a garrafinha de rum?
Bigode de espuma na boca encarquilhada.
– Fale baixo, a Neusa escuta.

Exibiu entre as raízes podres o último canino amarelo.

– Um restinho só.

– Que tal mais uma?

– Minha perdição é você, meu filho. Emprestada, hein? Faço questão de pagar.

– O Zezinho não aliviou a carteira?

– Nem queira saber.

Suspiro nas entranhas da velha, que emborcou o copo. Apressou-se o rapaz em servi-la.

– Bem que escondi – e deu um arrotinho. – Essa tosse... Quero ver se descobre.

– Tem muito dinheiro, não é?

A velha girou o rosto – não desvie o olho, conde Nelsinho, que está perdido.

– Ai de mim. Tivesse dinheiro, estava gemendo e sofrendo nesta cadeira? Pensa que tenho, é?

No buço da velha secavam as bolhas de espuma.

– Quer outra garrafa?

O dedinho inchado de nós catou fiapos da saia.

– Conte para ninguém, meu filho. Senão eles escondem. Não me dão um gole.

– Fique descansada. É segredinho.

– Cuidado, a Neusa.

Ele virou-se, não disfarçou a careta de desgosto.

– Que foi, meu bem?

– Esse vestido.

Até que engraçadinho, azul com bolinha.

– Que é que tem?

– Sabe que tenho pavor.

A virgem há que fazê-la rastejar. Lavar meu pé, enxugá-lo no cabelo perfumado.

– Quer que mude?

Alguma vez iria enfrentá-lo, não hoje:

– Bobinha de mim.

Neusa ergueu-se para beijá-lo. Ele voltou o rosto e, franzindo a sobrancelha, designou ali a múmia, pescoço torto a fim de aproveitar a última gota. A garrafa vazia deixou a velha amarga. Mal o percebeu instalado na cadeira:

– Ai, meu filho. O que é a doença. Deus te livre sofrer como eu. Velho pode morrer, ninguém liga.

Cruz na boca, ó diaba agourenta.

– Disse bem, dona Gabriela. Cadê o pessoal?

– Lígia no cinema com o Artur.

– E o Zezinho?

– Acha que podiam ir só os dois?

Afogá-la no barril de rum – ela e o chantagista do Zezinho.

– Não tem medo de ficar sozinha?

Ela reclinou-se na cadeira, à mostra o tornozelo inchado – um labirinto de grossas varizes roxas.

– O velho sempre só. Nem queira saber o que é viver assim. A ninguém desejo o que sofro. Eu que sei. Isso não é vida. Deus me perdoe. Deus não existe. Se existisse, me deixava tanto sofrer?

Faraó sentado no sarcófago, crispava no joelho pontudo a mão transparente. Ali grudadas duas, três moscas.

– Justo cada um pague os seus pecados. Não eu, que nunca desejei mal. Me matei de bater roupa no tanque. Gastei os dedos de esfregar a chapa do fogão. Perdi os olhos de costurar à noite. Se alguém devia sofrer não eu – era o Carlito. Devia ter acontecido para o Carlito.

– Ele não morreu?

– Levou uma vida feliz. E não sofreu para morrer. Os dias bebendo com as vagabundas. Me arrebentei de trabalhar, condenada a esta cadeira. Ele se regalou e morreu na força do homem.

– Morreu de quê?

– Tumor na cabeça. Sem ninguém. Pedindo o meu perdão. Que o fosse ver na hora da morte. Rezei no velório, isso sim. Perdoar é que não.

Mão no bolso, Nelsinho batia-se pela saleta, encurralado. Fingindo admirar a Santa Ceia, careta medonha para o papagaio pesteado. Apontou-lhe espingarda imaginária na nuca. Se bem não espantasse as moscas, ela coçou o alvo no pescoço.

– Me ouvindo, meu filho? Não queira ficar igual a mim. Fui moça feito você.

Lá estava a praguejá-lo, rainha louca. Bem feito, castigo do céu.

Sempre a falar, dirigiu-se à escada, abriu a porta da despensa. Um passo na escuridão, dobrou a cabeça e, sem acender a luz, afastou as latas de açúcar, feijão, arroz, desentranhou outra garrafa.

– Reze por mim, meu filho. Não sei o que é dormir. Sentada na cama, à escuta... A bulha do morcego. Um grilo preto no canteiro de couve. Lá no degrau os dentes do Paxá estalando. Se não é a cervejinha...

– Não se trata com médico?
– Única esperança é um milagre.

Fez-se o milagre: Neusa assomou à porta, de blusa branca e saia xadrez. Num salto o rapaz agarrou-lhe a mão. Atravessando o corredor, arrastou-a para a sala vizinha; primeiro exibiu a língua para a velha, entretida em derramar a bebida sem fazer espuma.

Tirou o paletó, estendeu-se com gemido no sofá. Neusa fechou a janela – Zezinho, oito anos, era o olho da diaba. Ao erguer o braço, a blusa branca revelou nesga de carne: sei que não devo, muito magro, uma tosse feia – se não me cuido, nasce cabelo na palma da mão. A bela sentou-se na ponta do sofá, ele cruzou os pés na mesinha.

– Por favor, Neusa. Nunca me deixe só com ela. Para agüentar tua avó precisa ser santo. Por que não serve vidro moído na sopa?

– Fale baixo. Ela escuta.

– O rádio ligado.

– Ela entende através da parede.

– Bem desconfiei. Ouviu o pontapé no Paxá.

– É bruxa.

– Mudá-la para o sótão. Acaba rolando da escada.

– Não diga bobagem, querido. Chega dessa velha horrorosa.

– Que você fez?

Abriu os braços no espaldar. Neusa apoiou a cabeça no seu ombro.

– Trabalhei.
– Faz tempo que chegou?
– Pouco antes de você.
– Teu patrão paga extraordinário?
– Nem um tostão.
– Não quis se fazer de engraçadinho?
– Seja bobo, querido. É casado.
– E daí?
– Tenho noivo particular.
– Como é que ele sabe?
– Você nunca foi me esperar?
– Que foi que falou?
– Achou você muito simpático. Até pergunta quando são os doces.

Ah, os doces, é? Esses doces, quem vai comer é o Paxá. Ela aninhou-se no peito e, erguendo a cabeça, beijou-o na pontinha da orelha.

– Tenho de esperar muito, querido? Não posso com essa diaba.
– Faça isso não. Todo arrepiado.

A moça prendeu-lhe a cabeça nas mãos, deu um beijo frenético: a língua se oferecia no lábio entreaberto.

– Não pára de chupar bala de hortelã.

– Quer que jogue?

– Mania essa!

A oportunidade de me salvar: fazer uma cena e adeus, beleza!

– Não fique bravo, meu bem.

Com os olhos procurou um lugar: o vaso de violetas? A janela, fechada. Fitou-o chorosa.

– Que eu engula?

– Se gosta de mim, engole.

Deglutiu a bala inteirinha. Doeu, uma lágrima saltou de cada olho. Esta não me escapa – é minha.

– Falei brincando.

– Tudo que você quiser.

– Tudo, Neusa? Tudo mesmo?

Ofereceu-lhe, sim, a boca inchada de beijos. Crisparam-se as mãos do rapaz no espaldar – sei que não devo, é loucura. A velha na saleta, assim não adianta xarope de agrião. De leve afagou o braço lisinho. Sabe o delírio de uma carne em flor? A mão escorregou – sou fraco, Senhor, não mereço – até empalmar a pêra descascada do seio. O que é prender um pintassilgo no alçapão? O herói apertou a pálpebra: o biquinho do pintassilgo beliscava a mão do dono.

Esmagada pelo abraço, a moça libertou uma das mãos e introduziu-a sob a camisa – cinco patinhas úmidas de mosca a arrepiá-lo da nuca à ponta do pé. Derretido de gozo, comprimiu segunda vez a pálpebra – uma coceguinha no céu da boca, prestes a uivar.

Estalavam as molas do sofá. Ó Deus, se a velhota, de repente? Sentou-se penosamente, suportando o peso da moça. Ofegante, respirou de boca aberta, dedo tremente abriu a blusa. Afastou-a do sofá para desprender a blusa, espirrou o sutiã no colo da moça. Sempre nova a descoberta do pequeno seio, metade exata de limão – e precipitou-se para beijá-lo. Diante do peito alvacento de pombinha as dores do mundo perdiam o sentido.

Mal o tempo de esconjurar a velha – afogado que afunda terceira vez a cabeça – e rolou, e rolaram os dois pelo sofá, pequeno demais para os acolher. Não podiam deitar-se, suspendeu-a pela cintura, ficaram de pé.

Largou-a um instante, com repelão desfez-se da camisa. Beijou a bela que desfalecia, filhotes famintos roubando alimento um da boca do outro. Mão frenética nas prendas deliciosas, encontrou a lasca da saia, libertou o único botão. Aos poucos a saia plissada devassava a calcinha rósea. Um passo atrás, a saia deslizou ao pé da moça: Neusa, ai, Neusa! Cheia de aflição, gemeu baixinho – *Por favor, por favor!* Desesperado – tomara a velha pense que é o Paxá –, ergueu-a com as duas mãos, que ficasse do seu tamanho. Ela entendeu, alçou-se na ponta do pé, um coube direitinho no outro.

O herói pairou a nove centímetros do chão. Ao tatalar da asa da loucura: Qual é teu nome? Responda depressa: Quem é você? Depressa – e, antes que pudesse, dona Gabriela entrou na sala.

Separaram-se, cambaleando cada um de seu lado. O coração de Nelsinho disparou a mil por minuto. Uma veia, de que nunca suspeitara, latejava na testa a ponto de rebentar: Me acuda, mãe do céu.

– Que é... a senhora quer, vovó?

Da garganta de Neusa – não era a sua voz. A velha recolheu o braço estendido, balançou a cabeça em silêncio, olho bem aberto. Na teia escura de rugas lampejo azul de desconfiança.

– Por que tão quietos?

O herói estupefato diante da velha que os enfrentava sem piscar.

– Por que está de pé, menina?

– Eu... trocando a lâmpada.
– O foco queimou?
– Agora mesmo.
– Vocês se comportaram? O Nelsinho é de confiança. O que esperando, minha filha? Pegue um foco na despensa.

Neusa pisou o monte de roupa. Ao alcance da megera, junto da porta. Agora estende a mão, agarra a menina – tenho de fazer uma carnificina. Quase um grito, para que o olhasse:

– Quer que eu – a voz partiu-se, continuou sem fôlego – outra cervejinha?

– Muito gentil, meu filho. Daqui a pouco... Se soubesse. Tão só, lá na sala. Uma dor fininha no coração. Pensei que era o fim.

A moça tornou de mansinho, o seio na mão:
– Aqui o foco, vovó.

Descalçou o sapato, subiu na cadeira:
– Pronto.

Sentou-se ao lado do rapaz, que enxugava o suor frio da testa. Sempre a vigiar a velha, quase sem vê-la, óculo embaçado. Com um suspiro, a anciã afundou-se na poltrona, repuxou o xale negro polvilhado de caspa.

– Ah, minha filha, você soubesse ... Contava para o Nelsinho – e o pé sacudido por tremores, um pangaré que espantasse as varejeiras. – Pagando o pecado de outro. Ah, meus filhos, o que é sofrer como eu – e deu um arroto.

A bruxa de pilequinho.

– Mais uma garrafa, dona Gabriela?

Mil garrafas não a fariam calar a boca.

– Gosto de você, Nelsinho. Como de um filho. Deus o livre e guarde da minha doença. Reze por mim.

Derrotado, baixou a cabeça, prendeu três botões da camisa.

– Não queira ficar como eu. Só eu sei. Isso não é vida.

Observando a avó cega e concordando com ela – *Sim, vovó. Pois é, vovó. É sim, vovó* –, Neusa desabotoou um, dois, três botões e voltou a beijá-lo na pontinha da orelha.

O ROUPÃO

Mal apertei a campainha, Lúcia abriu a porta.

– Pensei que não viesse.
– Eu prometi, não foi?
– Com essa chuva. Só pode ser amor!

Entreguei a capa e o guarda-chuva, que pendurou no banheiro.

– Um pingo no soalho, ele sabe quem foi.
– Antes de bater... Não era voz de homem?
– Bobagem, meu bem. Só nós dois.

Sentados cerimoniosamente na sala, ela no sofá, eu na poltrona.

– Aceita um licorzinho?
– Não, obrigado.
– Deve ter molhado os pés.

Magra e seca, o andar desengonçado de quem não tem quadris. Trouxe dois cálices na bandeja.

– Não me pegue, meu bem. Você derrama.

Questão de bater o cálice colorido:

– Ao nosso amor!

Por que o arrepio do olho na nuca?

– É verdade, quase não vinha.

– Ah... – estalou a língua, o dedinho espevitado.

– Medo do que podia acontecer. Tão lindinha. Só nós dois...

– Lindinha já fui.

Apesar dos protestos, encheu novamente o cálice. Era licor enjoado de ovo. Estremecia a cabeça e, revirando o olho, que o marido a deixou por uma negra, e negra horrorosa aquela! De maneira que nada valia ser bonita.

– Acha que tenho dente postiço?

– Seu dentinho é perfeito, meu bem.

– O que você pensa. Estes dois? São falsos. Um soco do meu marido.

– Barbaridade!

– Bem de abandoná-lo, não fiz? Eu o enganava, é certo. Não tinha o direito de me bater, tinha?

– Um monstro moral, meu bem.

Ergueu-se do sofá, toda dengosa instalou-se nos meus joelhos.

– De maneira que me acha lindinha?

– Me deixa louco.

– Você é casado.

– E daí?

– Adora sua mulher, não é?

– Adoro.

– Não pensou um pouquinho em mim?

De pé, mão na cintura, uns passos requebrados.

– Não me acha frufru?

– Acho.

– Me enfeitei para você.

Mesmo frufru, em musselina rosa, sapato de crocodilo, figa no pulso quase transparente. Do sofá estendeu-me os braços.

– Aqui no meu colo.

– Muito pesado.

Sentindo-me ridículo – coitada, é tonta! – fiz o que pedia: ó joelho pontudo.

– Tão gorduchinho! Já viu o meu relógio?

De pulso, dourado, tampa de mola.

– Presente do Oscar.

Mil beijinhos no pescoço. Óculo embaçado, guardei-o no bolso da lapela. Ela me examinou de olho crítico.

– Tão diferente.

Perturbado, quis beijá-la.

– Não. Ponha o óculo. Mais engraçadinho.

Outra vez recuou a cabeça.

– Seja tão apressado.

Na bolsa de crocodilo achou um bombom. Descascou, inteiro na boca. Agarrando-me a cabeça, abriu os meus lábios com a língua, insinuou o chocolate. Eu o devolvi. Segunda vez na minha boca. Então o engoli.

Mordisquei enorme pérola na orelha.

– Presente do Oscar?

– No ombro... morda...

Que chupasse o ombro até deixar sinal.

– Oscar tão desajeitado. Me morde a perna.

Ergueu o vestido para exibir as marcas roxas.

– O vestido novo, querido. Aqui não.

Pela mão conduziu-me ao quarto.

– Não fecha a porta?

– Nenhum perigo.

– Será que não vem hoje?

– É dia da família.

Aos beijos derrubei-a na cama de casal.

– Que horror! Espere um pouco, meu bem.

Sem pressa desabotoando o vestido.

– Este vestido, quanto custou? Combinação elegante, não é? Último modelo. Oscar doidinho por mim. Onde está o óculo? Quero você de óculo.

Que eu tirasse a camiseta:

– Para encostar a barriguinha.

Esfregou no rosto a camiseta de meia:

– Ai, que gostoso!

O retrato na mesinha-de-cabeceira.

– É ele?

Que sim com a cabeça.

– Um velho!

– É forte, o velho.

Para provar que era, Oscar a erguia nos braços, ele de roupão, ela nua, dava uma volta no quarto. Mordia-lhe as pernas e atirava-a na cama.

– Um favor, querido?

– O que quiser.

– Vista o roupão.

Estendido na cama o fabuloso roupão vermelho.

– Muito grande.

Arrastava pelo chão, cobrindo-me os pés, obrigado a dobrar as mangas. Por que não ia olhar atrás da porta?

– Dois de mim.

– Só tem tamanho.

– Que tal se entra agora?

– Fique sossegado.

Três anos sustentada por ele. Baba-se todo quando a beija, inteirinha arrepiada. Com ela nos braços, lança-a de repente sobre a cama. Duas vezes quebrou o estrado. Para baixar o sangue da cabeça, Lúcia faz-lhe cócega no pé. Medo de um ataque, na idade dele não é brincadeira. Todas as noites, menos uma. Uma noite por semana destinada à família.

– A mulher não desconfia?

– Ela sabe. Me telefonou uma tarde. Olhe que é ter classe! O problema é do Oscar, minha senhora, não meu. A senhora chegou tarde. De maneira que... Me alcance a combinação, querido.

Cobri piedosamente a nudez obscena de magra. Pediu um cigarro, que o acendesse na minha boca. Tragou de olho fechado.

– Cuidado, a cinza no tapete. O velho descobre.

Olhou dos lados e segredou que tinha nojo. Já arrasta os pés, ainda quer ser homem. Morrem de tédio um ao lado do outro. Lúcia pinta as unhas. Ele, boné e manta xadrez, da janela cospe na rua, esconde-se quando acerta em alguém.

Sempre com um elástico a matar mosca: *Elas não têm fim, Lúcia. Não acabam nunca.*

Com um suspiro devolveu o roupão ao pé da cama. De repente em voz alta:

– Mania dele. O roupão no mesmo lugar.

Na porta ofereceu-me a capa e o guarda-chuva.

– Você volta, meu bem?
– Que barulho foi esse?
– Nada não, querido. Uma goteira. Volta mesmo, querido? Coisinhas do outro mundo para contar.

Fim do corredor, apertei o botão. Da porta Lúcia atirava beijos. Abriu-se o elevador; dei um passo e, ao acenar adeus, vi o braço vermelho que a puxou para dentro.

CAFEZINHO COM SONHO

– Com licença, doutor?
– Pode entrar, dona Laura.
– O cafezinho com sonho.
– Já tem açúcar?
– Já, sim. Quer que volte depois?
– Pode esperar, dona Laura. Triste a gente comer só.
– Isso mesmo, doutor (e descansa a bandeja na ponta da mesa). Lá em casa meu marido não tem horário. Bom o sonho?
– Bem bom. Com creme, como eu gosto (limpa no dorso da mão o açúcar em volta da boca). É servida, dona Laura?
– Deus me livre. Sonho engorda.
– A senhora tem corpo de menina. Ninguém diria que é casada. Divertiu-se nas férias? Estava pálida, muito pensativa (entre dentadas no sonho e golinhos de café).
– Foi licença para tratamento de saúde.

— É verdade. Não incomodam mais as varizes?

— Agora não (olho baixo, enfia a ponta da blusa branca no largo cinto de couro).

— Foi bem a operação?

— Muito bem.

— As varizes, dona Laura, onde que eram?

— Eram ali — desencosta-se da mesa, fica de lado e, inclinando-se, a perna direita dobrada, alisa-a entre as mãos assim ajustasse a meia abaixo do joelho.

— Só aí, dona Laura? (ergue-se da cadeira, as molas estalam, volta ligeiro a sentar-se).

— Na coxa é lisinho, não tem nada. Como aqui — e corre o dedo na penugem do braço leitoso.

— Lisinho, dona Laura?

— Em cima, nada. Foi só ali. Graças a Deus, não ficou sinal.

— O seu marido, dona Laura, continua bebendo?

— Ué, como o senhor sabe? (ao levantar a cabeça, afasta do olho o cabelo negro).

— A senhora me contou, não se lembra? São boas as relações?

— Até que são. Dois meses que não bebe (desenha no pó da mesa, a unha bem vermelha).

— Ele cumpre os deveres?

— Às vezes, sim. Outras não.

— A senhora é fria, dona Laura? (um naco de sonho na língua, que é isso, Osíris, está louco?)

— Como assim, doutor, fria?

— Sente falta?

— Quando ele não é ruim.

— Dorme de camisola a senhora?

— De pijama.

— Bolinha ou florzinha, dona Laura?

— Ora, doutor. É florzinha mesmo.

— Gosta de ser beijada? (remata o sonho, esfrega os dedos no guardanapo de papel).

— Por meu marido, gosto.

— Disse que não gostava dele.

— Pois gosto — e sacode a cabeça, olha-o de relance.

— No tempo em que bebia, ele a beijava?

— Pobre de mim, nem queria que chegasse perto.

— Muito tempo?

— Uns três meses.

— E sentia falta?

— Toda mulher sente, não é, doutor?

— Não me chame doutor. Para você sou Osíris.

— Está bem, Osíris.

— Bêbado nunca a beijava? Nem à força? (ah, não sei onde estou que não pulo nessa diabinha).

— Eu deixava, Deus me perdoe, com um nojo louco.

— Nunca você o enganou?

— Nunca, doutor.

— Me chame de Osíris.

— Nunca, Osíris. Sou moça honesta, isso ninguém nega.

— Se gostasse de outro, teria coragem de o enganar?

— Não sei, doutor (delineia no pó da mesa ora uma cruz, ora uma bolinha).

— O alcoólatra, dona Laura, pode gerar um monstro. É casada de muito?

— Cinco anos.

— Quantos filhos?

— Nem um.

— Você evita?

— Acho que não deu certo.

— O nojo não deixa ter filho. É preciso amor. Sabe o que é amor, Laura?

— O doutor faz pouco de mim (um tanto afogueada, arzinho desafiante de riso – essa já perdeu o respeito).

— Machucou o dedinho? (a mão estendida para apanhar a xícara). Deixa ver.

— Cuidado, doutor. A porta aberta... Ai, doutor, se alguém vê?

— E estivesse fechada? (inútil repuxa a mão, Laura manobra com a mesa entre os dois).

— Sou pobre mulher, o senhor é um doutor! Alguém pode estranhar a demora (com a xícara suspensa no ar). Será que vão me tirar daqui, Osíris?

— Não tem perigo, minha filha.

— Devo tudo ao doutor. Até vergonha de pedir. Difícil um lugar para o meu marido? Precisa tanto, coitado. Quando não bebe é muito trabalhador.

— Não prometo, Laura. Tem que ser boazinha, olhe lá.

— Mais um cafezinho, doutor? Desculpe, uma pinta de açúcar no nariz.

— Pode ir, dona Laura.

Conduz a bandeja com as duas mãos e, diante da porta, passa-a para a esquerda. Antes de girar a maçaneta, sorri:

— Amanhã o sonho com creme ou goiabada?

— Com creme — e atira um beijo na ponta dos dedos, só quero saber se está me fazendo de bobo.

OS MIL OLHOS DO CEGO

Dois colegas da classe de Direito, advogando cada um na sua cidade, não se vêem há quinze anos. Encontram-se por acaso numa rua de Curitiba; alguns aperitivos e um bife sangrento, estão na casa de um deles, entre novas doses de uísque evocando os dias de camaradagem. O paletó na cadeira, os dois de camisa branca, gravata aberta no peito, ambos casados e realizados na profissão, ali se quedam em doces confidências.

– Sabe que ficou bem de cabelo grisalho?

Ai de Pedro, um velho com sono – a última dose e se recolhe ao hotel.

– Quarenta anos é a força do homem. Nunca fui mais jovem. Capaz de todas as loucuras.

Não Pedro, que se confessa bêbado, atropelando as palavras, bacorinhos gulosos disputando a mesma teta.

– A luz não machuca os olhos?

Na sala em penumbra Pedro vagueia as idéias embaçadas. Sobre a mesinha o retrato da mulher e filhas do amigo. O seu espanto de sabê-lo casado.

– Entre João e Maria ainda prefiro o João.

– Bonitão e sofisticado – o único da classe a freqüentar manicura –, fazia sucesso com as moças. Eram fáceis demais, posava de misantropo.

– Sustento o meu nojo da fêmea. Casei por exigência da profissão – e com o vício de insinuar a língua por entre os dentes, um bilhete debaixo da porta. – Para uma carreira mais brilhante.

Pedro esconde um bocejo, emborca o seu copo. Abre a carteira, exibe a fotografia do filho e da mulher, fiel companheira.

– Toda fêmea é uma flor podre. Sob o perfume a catinga de cadela molhada. Eu e você não somos dois misóginos empedernidos? Como tanta gente ilustre, aliás. Aqueles gregos todos. Ou eram persas?

Pedro sorri, aqueles gregos todos.

– Agradar uma fêmea é prender um sapo na mão. O bico negro do seio, dois ou três cabelos crespos, a velha barriga d'água, as pernas azuis de varizes. Todas oferecidas a se rebolarem, as bichas nojentas.

A voz do amigo é rouca, no canto da boca a espuma do ódio.

– Da mulher só gosto da nádega.

Estende-lhe o copo outra vez:

– Meu querido, todo descabelado – e com dedo grudento afasta-lhe a mecha da testa. – Os gregos – não eram os persas? – bem sabiam. O velho Sócrates só dormia com um menino nos braços.

Na penumbra fosforesce o olho de fera noturna.

– Veja Don Juan, o coitado, uma bicha que se ignorava.

Ao gesto incrédulo de Pedro:

– Meu querido, sabe que tem a pinta da bicha escondida? Lembra-se, o nosso brilhante catedrático de Direito Romano? Uma delas, não proteste. Fui abordado no banco da praça. Confessou o antigo amor, disposto a tudo. Uma noite de paixão.

Pedro insiste na descrença – Ora, meu amigo... –, com a expressão irritada do outro silencia a réplica.

– Me beijou a mão. Propôs dinheiro. Quando

me levantei – um guarda ali perto –, ficou chorando, o pobre velho. Depois me arrependi. Bem podia... Meu querido, teria coragem? Beijar um homem na boca? Por que não de bigode?

Com um sorriso alisa o bigode bem preto.
– Tanto você quer. Tem medo. Uma experiência inesquecível. Sabe que me perturbou? O coração bate com força. Olhe a mão como treme.

Pedro arregala o olho. No peito o coração louco do outro.

– Brincando, eu? – ao grito, Pedro volta a cabeça. – Se duvida, olhe para mim. Só nós dois, não tenha cuidado. Já disse, a família na praia.

Sete dedos bulindo no bolso, João muito risonho:
– Não quer mesmo ir ao banheiro?

Mais que o deseje, Pedro não tem coragem, que o outro feche a porta com os dois lá dentro. João foi três vezes, sempre mais agitado. Agora traz um maço de estampas. Simples casais em posições amorosas? Ó não, os parceiros são homens?

– Sórdidas, claro. Mais que excitantes.

A última é o quadro de basquete da faculdade. Pedro ajoelhado tem a mão na bola.

– Lembra-se, os dias dourados de campeão? No calção azul de seda o herói mais glorioso.

Sempre tive uma fraqueza por você – e, minha boneca, bem sabe disso.

Na certeza de estar perdido, Pedro agarra o copo, bebe aos grandes goles aflitos. O outro serve nova dose. Senta-se a seus pés no tapete, fala mais depressa. Voz rouca e pastosa, mal se distingue uma frase – *Se uma bicha se põe de joelhos é com toda a naturalidade* – ou então – *Aos quarenta anos me proibi de pintar os lábios* – e mais de uma vez – *Do alto de tuas pernas você governa o mundo.*

Pedro quer ainda se defender. Não é aquele o tom da conversa entre velhos colegas, dois senhores de respeito, pais de família... Interrompido por grito de fúria:

– Cale-se, bicha louca.

E, perturbado com o que acontece ali a seus pés, afinal se calou.

O MATADOR

Bateu duas vezes na vidraça, o sinal combinado.
– Pensei que não viesse – toda vestida e pintada, o chinelo de feltro. – Três horas, meu bem.
– Quero você – e agarrando-a com aflição.
– Não posso esperar.
– Aceita uisquinho?
Ela bebeu dois goles no mesmo copo.
– Já volto.
Corria o ferrolho na porta, apagava as luzes da sala.
– Toda sua, querido.
O copo vazio.
– Mauzinho.
Nova dose, que ela emborcou.
– Por aqui.
Tomou a dianteira na direção da escada. Estacou duas vezes nos degraus, a mão no peito. João desviou os sapatos no patamar, surpreendeu nesga branquicenta de coxa, o novelo de fios

azuis na panturrilha, a liga vermelha na meia abaixo do joelho.

No sótão a cama estreita de viúva. O espelho com retratos na moldura. Pelo chão garrafas vazias de vodca, rum, conhaque. Nenhum copo: ela bebia no gargalo.

– Só um pouquinho. Me enfeito para você.

Uma garrafa pela metade, bebeu também no gargalo: não apagar o fogo sagrado. Desolado na beira da cama, tarde para se arrepender.

Do corredor a voz dengosa:

– Como é que você quer? De roupão ou sem nada?

Na dúvida, o roupão. Ei-la na porta, ocupando toda a porta.

Três passos e abriu a negra mortalha de seda: noventa e nove quilos de carne branca.

– Tudo isso é meu, querida?

– Um beijo – ela fazia biquinho. – Na boca.

Abraçou-a com fúria, abarcá-la não podia.

– Beijinho – ela insistiu.

Deu-lhe meio beijo. Mordiscava a bochecha, a barbela, o segundo queixo. Ela se deixou cair na cama, arrastou-o na queda. Debateu-se agoniado, safou-se de costas.

– Me agrade – ordenou com voz dura.

Gemendo, ela conseguiu voltar-se, de joelho titilou a orelha. Erguendo a cabeça, João viu-se de meia preta no espelho. Navegava ao léu dos cinco oceanos de delícias gelatinosas. Afundou no remoinho de dobras, roscas e pregas. Babujou um, outro, mais outro úbere bamboleante. Ó morcego perdido na gárgula de catedral barroca.

Foca suspirosa, revolvia-se e fungava, patinhando na própria banha movediça. O moço libertou o braço e, sem aviso, desferiu a mão aberta:

– Sua grande...

Arregalou um olho, assustada. Depois outro, medrosa:

– Está louco?

Com mais gana o terceiro bofetão. Lágrimas de gozo no carão rubicundo: o rincho selvagem da égua marinha. João bateu com raiva, sangue do nariz manchava o travesseiro.

Espichados lado a lado, ele admirava o abajur vermelho de seda. A dona bem quieta, olho fechado, lenço no nariz: próxima vez queimaria a barriga na brasa do cigarro?

– Puxa, é tarde... – de meia preta e relógio no pulso. – Não posso ficar.

– Diabinho, você prometeu. Enganou a pobre de mim?

Já vestido, exibiu-se no espelho entre as fotos coloridas: o feroz matador de Curitiba.

De costas ela remexia na bolsa, retirou a mão fechada.

– Abrir a porta.

Ao enlaçar o braço, enfiou-lhe no bolso um maço de notas: Quanto seria? A escada muito estreita para os dois. Desceu primeiro, sem coragem de olhar para trás, bufos e rangidos nos degraus.

Na porta fez-se pequenina, conchegada ao peito forte. João fechou-lhe o roupão nas medonhas tetas negras.

– Não se resfrie, querida.

Antes que pudesse afastar-se:

– O meu beijinho? – ela protestava, ofendida.

Mão no bolso, sentiu a bola de notas. Fechou os olhos. Beijou a boca sangrenta de mãe-d'água.

PERUCA LOIRA E BOTINHA PRETA

Às quatro da tarde na esquina combinada. Esperou alguns minutos, ela não viria, a grande aventura dos cinqüenta anos? No espelho retrovisor eis o vulto que se insinuava à sombra do muro. No sol de verão, casaco preto, botinha preta, além da peruca loira. Abriu-lhe a porta.

– Bem doida – gaguejou, ofegante. – Não devia.

Ele ergueu a ponta da luva preta, beijou-lhe a mãozinha trêmula.

– Depressa. Meu marido em todas as esquinas.

O homem levou a mão ao casaco, apalpou aqui e ali.

– Viu que loucura? Agora satisfeito? Imagine se...

Ele arrancou, o coração disparado.

– De mim fez uma perdida. Para onde me roubando?

Ainda protestava quando ele recolheu o carro no abrigo.

– É hotel suspeito? Alguém me vê, sou mulher falada.

Tremia nos seus braços enquanto a beijava e fungava-lhe no pescoço.

– Eu nunca o João enganei.

Bem por isso mais excitante. Abriu oito botões do casaco felpudo: toda nua desde a peruca até a botinha.

– Que vai fazer, querido? Tenha pena de mim. Eu nunca...

Beijavam-se longamente debaixo do chuveiro tépido.

– Ai, molhei o cabelo – deu um gritinho. – Se ele descobre, nem pensar. Muito brabo. Desconfiado ele só.

Obrigada a desfilar de peruca e botinha em volta da cama. Ajoelhado no tapete, ele correu o fecho até o tornozelo:

– Ai, meu anjo, como é branco o teu pezinho.

Esfregava o bigodão na perna gorducha, deliciando-se ao ver a pele que se arrepiava e os pelinhos que se eriçavam. Tivesse ali na coxa uma pinta de beleza? Não é – intuição? visão do paraíso? milagre? – que tinha mesmo, olho negro de longas pestanas!

– De mim não judie, querido.

– Você me põe furioso.

As mais incríveis posições que, sem prática, não podia rematar. Docilmente ela seguia as instruções, franjinha no olho verde arregalado. Bufando ele empurrou a penteadeira ao pé da cama, refletidos de corpo inteiro no espelho oval.

A pedido, insultado de cornudo, veadinho, tarado. Esbofeteou-a de mão aberta: filete de sangue manchou o travesseiro. Ter-lhe-ia queimado o bracinho se, no último instante, não suplicasse perdão com mil beijos molhados.

– Quer mais, sua cadela? O quê? Senhora honesta? Não me faça rir. Uma bandida de calçada. Há de me beijar os pés. Quem é melhor na cama – ele ou eu?

– Ai, querido. Por amor ganhou o que o João... desde a primeira noite... quis à força!

Longe demais para se arrepender: espirrou-lhe no rosto contorcido de gozo a espuma do champanha.

Deixou-a na mesma esquina, abotoada no casaco, olheira escandalosa para mãe de família.

– Querida – e lhe reteve a mão. – Quando a próxima vez?

Esgotado o repertório, o preço de um chicotinho qual seria?

– Não devia... Uma doida. Nunca mais. Só existe o meu João.

Seguiu-a pelo espelho, que se afastava ligeira, a bela misteriosa. Qual o seu verdadeiro nome? Concederia novo encontro? Oh, não – esquecida no banco uma luva preta.

Meia hora depois entrava em casa. O filho diante da televisão, a filha falando ao telefone, a sogra debruçada no tricô. Afastou um cacho grisalho e beijou na testa a mulher no vestido azul de bolinha.

– Como foi de escritório, meu bem?
– O mesmo de todos os dias. E você?
– Fiz uma torta de morango.

Esgueirou-se no banheiro para esconder os sinais da aventura.

– O jantar na mesa, João.

No quarto abriu a gaveta do camiseiro. Retirou do bolso a luva perdida, guardou com a outra.

– Já vou, minha velha – e foi ocupar a cabeceira da mesa.

PENAS DE UM SEDUTOR

— Só venho mais uma vez. Fico noiva em abril. E caso em junho.

Abriu o caderno, estendeu o envelope:

— Quer ver?

— Não enxergo direito.

Foi até a fresta da janela, pôs o óculo:

— Bonitão, o rapaz. Como se chama? Que é que ele faz?

Os dois de mão dada na praça. Sentados na grama, ela sorria para o fotógrafo.

— Ele te beija?

— Todo noivo beija.

Rouco de aflição:

— Como eu? É bem-intencionado?

— Só fala em casar. Domingo conheci os pais.

— Já sabe o que aconteceu?

— Agora eu conto.

— Não é melhor esconder?

— Prefiro contar.

— Um drama na vida de vocês. Ele nunca vai esquecer. Ou perdoar. Por que não uma queda de bicicleta?

— Eu faço questão de.

— Ele ainda não tentou...

— Ele me respeita. E não sou fácil.

— Sei disso. Foram quantos meses até quê?

— O doutor é danadinho.

— De nós dois não vai contar, vai?

Risinho de quem diz: Bem que eu conto.

— Por que demorou? Não temos muito tempo. Estava esperando na esquina. Você não vinha. Passou uma senhora. Me olhou com ódio. Seria sua mãe?

— Ela tem cabelo grisalho.

— Então não era. Outro dia cruzei com você e disse: Boa-tarde, moça. Ao lado, o Josias. Tem fama de conquistador.

— É como um tio. Me carregou no colo.

— De quem gosta mais: de mim ou dele?

O amor? Relógio sem ponteiro latindo no quarto escuro de uma casa vazia.

— Sei me defender. Ai, não me aperte.

Afastou-o na ponta do braço:

— Elegante. Hum, gravata bonita.

– Só elegante? E bonito não? Gosta um pouquinho de mim?

A voz partiu-se num soluço e dois pigarros. Ela sorria, sem responder.

– Eu queria roubar você só para mim.

– O palhaço do circo também quis.

– Ah, bandido.

– Já viu. A mãe não deixou.

– Você fuma demais. Quase não posso te beijar. O cigarro sempre na boca.

– Muito nervosa. Choro de noite. Às vezes de perna trêmula. Vivo debaixo de xarope. Ah, o meu mal está aqui (com o dedinho na testa). Que tal se morro de repente?

– Eu morro também.

– O doutor arranca uma tábua. Me enterra bem fundo.

Ao longe as pancadas lentas da morte.

– Credo, seis horas.

– É sino de enterro.

– Não tiro a botinha. Tão difícil.

– Não gosto dela.

– De salto fico maior, não é? Não suja a colcha, será?

Todo de gravata e sapato, apenas sem paletó. Um ruído debaixo da janela – atenta, a boquinha aberta. Também ele, o gesto suspenso: madrigais neuróticos na cabeça tonta. Ela abriu uns olhos deste tamanho. Antes de ser engolido, insinuou-se fácil, pescoço de cisne na água.

– Me chame de meu amor.

Amor, o menino inocente afaga uma cadela raivosa, por ela é mordido, já condenado a morrer babando, rangendo os dentes, ganindo.

– Meu amor. Ih, tanto medo de ficar grávida.
– Eu também.

Sorriu e prendeu a meia à cinta.

– Que é que está olhando?
– Você é linda. E eu te amo – só isso.

Desenrugou a colcha:

– Este botão de quem é?
– Nossa, é meu.

Debaixo da blusa dois punhados trêmulos de morangos silvestres.

– Já imaginou se...

No espelho do corredor, um grampo nos dentes, com a mão ajeita o cabelo.

– Me ajude.

A mecha loira fora da rede de crochê. Ele abriu o caderninho ao acaso: *A soma dos ângulos de um triângulo é igual...* Entre as folhas esqueceu as três notas.

– Cuidado não perder.

– Não tem perigo.

– Um beijo, você gosta um pouco. Dois, mais ou menos. Três é que me ama.

Um beijo e a risadinha sapeca:

– Sou uma boa artista?

Já de paletó, a gravata arrumada:

– Tem pena de mim, sua ingrata?

De volta da escola, hora do almoço. Pulando de alegria, o casaco sobre o guarda-pó, casaquinho novo. Correndo e rindo pelo atalho do potreiro. Detrás de uma touceira surge o mulato descalço. Ela se debate, carrega-a nos braços para a touceira. Ajoelha-se, na mão esquerda prende os dois pulsinhos, com a outra tapa-lhe a boca. Quando afasta a mão, arranhando e rasgando, ela grita. Mas você acode? Nem eu. Sai bastante sangue. O mulato foge, ela sentada na grama, sem bulir – umas poucas balas azedinhas ali no colo.

Acorre a mãe, de chinelo e quimono, as mãos brancas de farinha.

– Foi o negrão!

A mãe envolve-a no quimono de bolinha, em casa dá-lhe uma surra de vara, é culpada porque deixou – mais que a violência do mulato dói o castigo da mãe.

– Nem um beijinho de despedida? Quando volta? Me chame de meu amor.

Duas línguas rolando no céu da boca.

– Meu amor.

– Que vai ser de mim, querida?

– O doutor é pior que o negrão.

ABISMO DE ROSAS

– Entre, moça. Com você não contava.
– Achou que não voltasse?
– Rostinho quente.
– Do calor.
– Que bom rostinho quente. Muito perseguida?

No rostinho dois pintassilgos azuis batiam asas.

– Agora o doutor André. Me deu um cartão. Tomar cafezinho, já viu. No escritório.

Velha conhecida minha, essa minissaia xadrez.

– Teu vulcão está aí. Não quer despertá-lo?

Defendeu-se, agarrando-lhe a mão com força.

– Que mão fria...
– Teu beijo, hum, gostinho de bolacha Maria e geléia de uva.
– Não gostei da última vez. Como você me tratou.

– Rasgue o cartão do André.
– Tenho nojo. É gordo e mole.
Ele encolheu a barriga, aprumou o peitinho.
– Desculpe o cabelo branco.
– O doutor não tem idade.
– Chega de fumar.
Ela tragou fundo, beijou-o, soltou-lhe a fumaça na boca. Ele ergueu a blusa até o seio empinadinho.
– Não. Deixe que eu tiro.
– Quero você nuazinha.
A blusa pela cabeça sempre despenteia.
– Vire para lá. Senão não tiro.
Menos uma pecinha. A blusa. A saia. O sutiã.
– A calcinha não.
– Coisinha mais linda.
– Para combinar com o colar.
O riso furtivo do colar vermelho. Ele só de meia preta.
– Tire, amor.
De costas, sem olhar.
– Parece um menino. Só que cabeludo.
Toda nua, de salto alto.
– Correntinha também é roupa?
Sem poder cobrir os três seios com duas mãos.

– Essa cruzinha o que é?

O crucifixo barato, presente do noivo.

– É enfeite.

O velho Jesus, quem diria, piedosamente virou-lhe o rosto.

– Esse noivo não existe.

– Aqui na aliança o nome.

Poucas delícias da vida: o azedinho da pitanga na língua do menino, a figurinha premiada de bala Zequinha, um e outro conto de Tchecov, o canto da corruíra bem cedo, o perfume da glicínia azul debaixo da janela, o êxtase do primeiro porrinho, um corpo nu de mocinha. Tão aflito não sabia onde agarrar.

– Veja como é quentinho. Pegue.

Ela pegou sem entusiasmo.

– Relaxe, meu bem. Não fique de pescoço duro.

– Ai, meus ossos. Você me machuca. Arre, que tanto.

– Dê um beijinho. Só um.

– Ah, não. Ah, não.

– Por um beijo eu dou o dobro.

– Olhe que sou cigana.

– Também sou.

– Se eu der, você quer mais.

– Não quero. Juro. Só um, anjo.

Ele mordiscou a penugem dourada da nuca.

– Agora um beijinho.

Ela deu.

– Mais um. Mais outro.

Já aos gritos:

– Só mais este. Ai, amor. Agora no tapete.

Olho perdido na parede: pinheiros ao pôr-do-sol.

– Descasco este limão com o dente. Um e dois (pastando e babujando no peitinho), qual o maior?

– São todos iguais.

– Não os teus, anjinho. Você é fria.

– Culpa do negrão. Fiquei assim. Igual minha mãe. Nervosinha.

– Quero pegar. Você não deixa. Aposto que não...

– Já li em livro. E faz mal.

– Só faz bem, anjo. Nunca experimentou. Você fingindo, e fingindo mal, eu não quero. Sei que houve o negrão. Hoje é o dia de esquecer.

Ela, quieta.

– Eu dou o dobro.

– O doutor é atiçadinho.

– Agora sente-se. Abra a perna. É aqui, amor. Aqui é o bom.

Sem ele pedir:

– Ai, que é bom.

O eterno gesto, esmorecida, cabeça para trás, rostinho em fogo.

– Você quer, anjo?

– Sim.

– Suba por cima.

– De que jeito?

– Assim. Venha.

– Cuidado que dói.

– Se dói, anjo, eu tiro.

– Devagarinho.

– Ponha.

– Tenho medo.

– Só a pontinha.

Ela pôs só a pontinha: entrar a uma virgem é perder-se no abismo de rosas.

– Agora por baixo.

– Ai, meu braço.

Tapete fino, muito magrinha.

– Só um pouquinho, amor. Ai, como é bom.

Mulher mais louca a que está nua nos teus braços.

– Que barulhinho é esse?

– Diga que é bom.

– É bom – com um sorriso. – Obrigada.

Ah, bandida. Ser baixinho é padecer numa coroa de espinhos. Hei de levar para o túmulo?

– Agora de pé.

– Será?

– Aperte as pernas. Mexa. Suspire. Grite.

– Não sei.

– Não sabe dançar? Então dance. Sem sair do lugar.

Salve lindo pendão da esperança, salve, salve.

– Veja, estou tremendo. Será de...? Tão diferente.

Testinha úmida, revirava o branco do olho, pescoço ondulante de cisne, a língua rolando no céu da boca.

– Desculpe a unhada.

Na hora nem sentiu, depois saiu sangue.

– O que você fez, querido? Ai, amor...

Vingado, eu, que nunca podia dançar com a moça mais alta. O baixinho de todas as paixões e nenhuma correspondida. Pardal nanico, por todas as tijiticas perseguido.

– Veja o que me fez. Minha mão, olhe, ainda treme. Ai, amorzinho.

Brilhou no céu em raios fúlgidos o brado mais retumbante que ouviram do Ipiranga as margens plácidas.

Já vestido, cigarrinho aceso. Abriu a bolsa, insinuou duas notas. No baile de formatura eu de todos o mais pequeno. Para o túmulo já não levo.

Ela vestida, penteada, pintada.

– Agora não mereço um beijinho?

Ficou na ponta do pé. De boquinha torta para não encostar, um tantinho enjoado.

– Cuidado o batom.

Ela baixou a linda cabecinha, os dois pintassilgos abriram asas:

– Adeus, gostosão.

O DESPERTAR DO BOÊMIO

Cinco da manhã, rola cambaleante do táxi.
– Cuidado, doutor.
Em tempo agarra-se ao portão. Respira fundo. Sem dobrar a cabeça, agachado, corre o ferrolho – depois das cinco os ladrões não dormem?

Diante da porta, perplexo: outra vez esquecida a chave. Três toques de leve na campainha. Ao dim-dom responde no chorão a primeira corruíra. Bate na janela do quarto das crianças – nada. Quando acordam, a mulher já não dorme (se um dos dois não deve dormir, que seja ela).

– Mãe, abra a porta. O pai chegou. Brinca de esconder, pai?

No edifício vizinho os quarenta olhos negros de vidro.

– Ai, estou exausto... – e um pequeno soluço.

Espiando dos lados, insinua na fresta o cartão de crédito. Fácil espirra o pino. Devagarinho rangem as folhas.

– Diabo. Nem azeitar ela pode. Tudo eu? Sempre eu?

Ganha impulso, senta-se na soleira.

– Sem mim, que seria desta casa?

Cai de pé no tapete.

– Bonito, hein? Chegou tarde. Pulou a janela.

Revelha queixa de toda manhã:

– Os vizinhos bem se divertem. Tua fama é...

Com ele os miasmas alucinógenos de bebida, cigarro, cadela molhada. Livra-se do paletó, desvia no escuro a mesa e duas cadeiras.

– Ai que merda.

O maldito tacho pendurado no caminho. Esgrime com a folhagem e, no seu rastro, além de um sapato, folhinhas rasgadas de samambaia.

Acende a luz do escritório. Pisoteia a calça no tapete. Encosta-se no batente e, olhinho mortiço de gozo, esfrega docemente as costas. Melhor que bebida e mulher, coça-se de pé contra o batente.

– Poxa, tão cansado... Essa Ritinha me acaba.

Em vão sacode o trinco, fechada a porta do quarto. Inútil bater, discussão transferida para o dia seguinte é meia discussão ganha.

– Um frangalho humano.

Busca no espelho a triste figura e vê, com admiração sempre renovada, o lírico e maldito rei da noite, maior tarado da cidade, último vampiro de Curitiba. Arrastando-se até a radiola, esquecido da mulher que assobia pelo nariz no outro lado da parede, escolhe um disco de Gardel. Abate-se no sofá e, ouvindo o dia em que me queiras, com a Ritinha no apartamento 43 do Hotel Carioca.

Dorme? Sonha talvez? Não, morre dos mil uísques nos sete inferninhos, os mil e um beijos das bailarinas nuas, rematadas pelo divino frango à passarinho no Bar Palácio.

– Salta uma banana ao rum para o doutor.

Entre as rainhas da noite quem de relance na janela do táxi? A própria mulher – a mártir, a heroína, a santíssima – que nos braços de outro se registra no hotel. Ele, aos urros na porta, quer matar... O sonho se desvanece ao mudar de posição no estreito sofá.

Língua de fogo titila na orelha, unhas douradas arrepiam a nuca e, ao morder um dedinho roliço, o eterno gosto de amendoim torrado ou batatinha frita. De súbito, em cueca e meia preta, plena Praça Tiradentes, às cinco da tarde:

– O meu sapato? Onde o meu sapato de pelica?

À procura do sapato perdido na famosa viagem ao fim da noite.

Uma cortina que se abre ruidosamente rasga o sonho de alto a baixo – a mulher inicia os trabalhos do novo dia. Atrás dela a trinca de trombadinhas.

– Mãe, lá no escritório. O pai dormindo. De cueca.

Só de farra, a menor sobe nas suas costas e, enroscada feito um macaquinho, tira uma soneca. O zéfiro quente na orelha, ele volta a dormir, nem percebe quando a ingrata o abandona pela mamadeira.

Mais tarde a cócega de seis olhinhos peganhentos:

– O pai está de cueca.

Repete a menor:

– ... de c'eca... ve'melha...

Meia bunda de fora era triste espetáculo – ainda se fosse bonita.

– Por que de cueca, pai?

E a terceira:

– Olhe o desenho, pai.

Bate-lhe no rosto com o pesado jornal.

– Fora daqui, sua pestinha.

Pronto a advogada das órfãs e viúvas:

– Credo. Não fale assim. A coitadinha quer agradar. E você sai com essa.

Gemendo, coça a barriga:

– Filhinha, um copo d'água. Bem gelada.

– Nossa, pai. Cheiro ruim de boca.

Beberica no caminho, chega só com a metade.

– Vá buscar mais. Tomou tudo, sua diabi...

À distância o bruaá no maior volume do disco fora de rotação:

– Quebra a garrafa. Pare de mexer. Por que não pede? Já se molhou. Não agüento mais.

Uma traz o copo derramando no tapete. A outra na cozinha:

– Mãe, o pai de cueca. O pai de...

– Chega. Me deixa louca.

Chuva furiosa de pedra e vagalhão de folha seca:

– Gordo, levante. Acorde. Vista o roupão. De cueca é uma vergonha. Não deixe a mocinha ver.

Pugilista massacrado, inseguro das pernas, olho sangrento de murros. Apanha a toalha no chão, espreme a esponja úmida nas feridas, cospe o protetor dos dentes. Enfia o roupão de seda azul com bolinha branca – lembrança da lua-de-mel.

O roteiro de baba na almofada verdosa do sofá... Com ela dorme agarradinho e encolhido – poxa, carente de afeto? Ali a Odisséia de suas madrugadas boêmias. No mapa de babugem a rosa-dos-ventos indica os oito mistérios da paixão.

Depois da almofada nojenta e do sofá negro de couro nada como a frescura do lençol branquinho, o travesseiro florido e – ó delícia – o cheirinho santificado da doce mulherinha.

– Como é bom... – geme e suspira, gozoso.

Sacudido com fúria, acorda sem fôlego.

– Que foi, hein? Hein, que foi?

– Meio-dia, Gordo. Que inferno. Levante.

Ainda choraminga:

– Não é domingo?

– Trate de levantar.

Bate porta, escancara janela, repuxa cortina:

– E leve tuas filhas ao Passeio.

Boa idéia, uma cervejinha gelada, longe da araponga louca do meio-dia.

– Não agüento mais. A cozinheira já foi. Você não ajuda nada. Só quer dormir. Com você não posso contar. Só pensa em você.

Flutua em pleno azul, voga no alto-mar, acima das pequenas misérias da vida.

– Levante. E traga um frango para o almoço. Eu não vou...

Ligeiro repente de fúria:

– Que você fazia no...

Então se lembra que foi sonho – ela não estava em nenhum táxi, nenhum Hotel Carioca, com nenhum amante – e sorri tranqüilo.

– ...cozinhar. E trate de arrumar dinheiro. O da carteira eu gastei.

Ah, bandida. As últimas duas notas que salvou da eterna festa de Natal. Tateia o pulso e, ó surpresa, ali está – um relógio à procura de uma bailarina?

– Mãe, venha me limpar.

Ela troveja do quarto:

– Que inferno. Nessa idade não aprendeu a se limpar? No colégio não ensinam nada?

Mais gritos no banheiro, na sala, na cozinha – era com ele que discutia?

– Merda de casa. Nem dormir sossegado. Até no domingo.

Baixinho no travesseiro:

– Não seja nomerenta. Onde a psicologia infantil? Que tanto ralha, ó mulher?

Espicha-se na cama inteirinha dele.

– Ai, que tristeza.

Azia, outra vez? Se pedisse, quem sabe traria sal-de-fruta.

– Você levanta ou não levanta?!

Derrotado, insinua-se no banheiro. Abre a água quente. Pendura o roupão. Escova um por um os dentes.

– Maria.

– Que é agora?

– Cadê o sabonete que ganhou no aniversário?

– Não aborreça. Tem aí.

– Esse não. Quero o outro. Com que perfuma a roupa.

Um noivo toucando-se para as núpcias com o sol. Nenhuma ressaca física ou moral. A noite gloriosa no hotel. É domingo. E, além do mais, na força do homem – a Vênus de Botticelli emergindo nuazinha das ondas. Qual Vênus, não é o próprio Hércules? O grande Mister Curitiba?

Domingo o dia inteiro, dispensado de fazer a barba.

– Como é, Maria? Vem o sabonete ou não?

Ei-la na porta e, divertida com o seu capricho, sorri. Ah, doce querida, ela sorri.

– Vem cá.
– O quê?
– Me alcance a toalha.
Agarrada pelo braço.
– Que tanto...
Puxa-a para dentro, fecha a porta.
– Os dois debaixo do chuveiro...
– Eu não entro!
Tristinho repara na cabeleira florida.
– Não sabe o que perde.
Penteada no chuveiro não.
– Então vem cá. Vamos conversar. Sente aqui.
– Olhe só...
– É sempre seu.
– ...o jeito dele.
– Veja como é quentinho. Fale com ele. Diga alguma coisa. Que gosta dele.
– Depressa. As meninas...
– Converse com ele. Diga o que você quer. Mostre para ele.
– ...já batem na porta.
– Faça o que gosta com ele.
– Só não me despenteie. O que você quer? Hein, hein?
– Dele não tem pena?

– Invente moda. Que elas estão aí.

– Fale com ele.

– E onde esteve ontem? Entrou pela janela, hein? Seu malandro.

Mas não está com raiva.

– Depois eu conto. Agora vem cá. Ponha as mãos ali. Assim.

– Você é louco.

– Agora faça como eu. Assim. Erga um pouco.

– Ai, Nossa. Deixei o forno ligado! O pudim... de leite...

– Pode quei...

Berros e murros na porta:

– Pronto, pai? Mãe, o que está fazendo aí?

– Bem que eu disse...

– Vão brincar no carro. O pai já vai.

Em quinze minutos perfumoso e garrido. As filhas no vestidinho branco de musselina, trancinha azul, sapatinho de verniz.

– Não esqueça o frango. Com farofa.

A menina corre aos gritos e volta com a nota maior – para a mulher só restou uma bem pequena!

No Passeio Público vão direto ao bar – os quatro mais que enjoados de ver macaquinho. Cada um sabe o que quer: laranjada para elas, a mãe proíbe, que faz mal. Para ele o enorme copo de água-tônica com gelo e limão.

– Do que está rindo, pai?

No óculo escuro visões de batalhas heróicas.

– Bobice do pai.

Empanturradas do algodão-de-açúcar, bolinho de bacalhau, cocadas branca, rosa e preta:

– Vamos embora, pai?

De repente esfomeado. Compra o frango, sem farofa de que não gosta.

Na toalha engomada de linho as iguarias de domingo: macarrão, salada com maionese, pudim de leite.

– Quem trinchou o frango?

Bem quieta, a grande culpada.

– Este pedaço que nome tem?

Três vezes repete o macarrão.

– Prove o pudim. Eu que fiz.

Ele a olha:

– O açúcar queimou.

Ela ri:

– Está gostoso.

Saciado, abre os braços e boceja. Ela mais que pronta:

– Que tal uma volta de carro?

– Essa não. Que mania de sair.

– Então eu vou. Com minhas filhas.

Lá se foram as quatro muito ofendidas para a casa da sogra.

A radiola ligada no dia em que me queiras. Ele se refestela na poltrona. Não tivesse tanta preguiça, enxugava mais uma cervejinha. No olhinho bem aberto clarões de punhais e garrafadas no apartamento 43.

A GUARDIÃ DA MÃE

– Essa não. Você trouxe a menina?
– Não pude me livrar. A guardiã da mãe, não é, filha?

Vestidinho branco, uma fita vermelha em cada trança bem preta, sapato prateado.

– Com quatro aninhos. O pai que exige.

Sentada quieta, mãozinha cruzada. Debaixo da franja o grande olho esperto, rabinho que o cão acena sem parar.

– Soube da Zefa?
– Vi de longe, outro dia. Na janela.
– Acharam caída perto da cama. Assim que soube, fui lá. Fomos de carro.
– Como estava ela?
– Nunca vi a casa tão limpa. Os irmãos pagaram uma criadinha. A Zefa mesmo doente se arrenegava. Reclamar do quê? Tudo tão arrumado. Nem parecia a mesma sala.

– Pronta para o velório. Não é difícil. Tão pequena.

– Nem tanto. Quem varre todo dia é que sabe.

– E a água? Como se arranja?

– Tem uma torneira.

– E o resto?

– O resto é a casinha. Pobre Zefa, é do tempo da casinha.

– Ela te conheceu?

– Conversou bem.

– Do que vive?

– Ninguém sabe. Os vizinhos acodem.

– Ela caiu de fome. Estava comendo água. Não fala de morrer?

– Engraçado. Doente, morte é assunto proibido. Melhora, é só no que fala. Para fazer dó. Nela tudo é teatro. Se chego de ônibus, e sabe que não pode vir comigo, sou filha ingrata. Desta vez fui de carro. Vim te buscar, Zefa. Daí não quer.

– Quem cozinha?

– Ela mesma. Carrega no sal. Esta menina...

Olhinho lá longe, faz que não ouve. Balança no ar a perninha gorducha, exibe o sapato novo – melindrosa que nem a mãe.

– ...uma vez comeu uma asa de galinha e passou mal.

– Ainda faz cocada e pé-de-moleque para vender?

– Agora, não. Uma agüinha no fogão. Miserável. Lá da cama gritando com a moça.

– O dinheiro escondido no colchão de palha?

– Comida indigesta é com ela. Bolinho de feijão. Quanto mais gorduroso, melhor. Lingüiça. Com torresmo.

– Assim ela não dura.

– Será que alguma coisa não mereço? Ela me criou. Muito me judiou.

– Te batia?

– Ai, me perseguiu.

– Nada impede que dê a você o que tem. Já falou com ela?

– Tem medo dos irmãos.

– Se ela quiser, não podem proibir. A idade que atrapalha.

– Quase oitenta anos.

– Está bem da cabeça?

– Passou quatro dias lá em casa. Só dormia. Tomava café e dormia. Almoçava e dormia. De noite, sim, acordada. Pitando e resmungando a noite inteira. Daí fiz uma experiência.

— O que você fez com a velha?

— Peguei um papel: Zefa, assine aqui. Com aquele óculo torto, molhando a caneta na língua, ela me olhou: *Já não sei meu nome. Esqueci o nome.*

— Ih, assim não dá. Como vai de único dente? É o canino esquerdo?

— Botou chapa. Só em cima. Embaixo não se acostuma.

— Não mexa aí, menina.

A mãozinha viageira rondando o copo de canetas coloridas.

— Sabe ontem quem eu vi?

— ...

— O André. Passou por mim e não me olhou, o bandido. À noite sonhei com ele.

— Sonho na cama?

— Você, hein? Ele aparecia falando ali na rua.

— E foi bom?

— Nem queira saber.

— O tal que ensinou a gozar?

Ele olha a mãe que olha a menina — sempre de olhinho perdido.

— Foi com ele?

— A gente era muito bobinha. Aprendi depois.

— Nos bons tempos de nhá Lurdinha?

— Ela nos fazia passar fome. Que dona ruim. Quando vinham os doutores, aquela gente fina, eu dava graças. E as outras gurias também. Se você soubesse, um bife com batatinha frita, como é bom.

— Bem que eu sei. E o viúvo da Travessa Itararé?

— Há muito que não vejo. Fica todo vestido. Já não pode, o infeliz. Só aprecia. Eu que faço tudo. Copio de uma revistinha.

— Ele não...

— Depois te conto. Tive um encontro, outro dia. Um velho conhecido.

— Não me diga que o nhô João.

— Que nada. Um vizinho.

— Velho conhecido de cama?

Os dois olham a menina que olha o quadrinho na parede.

— Ele que te procurou?

— Eu telefonei. Estava precisando. Sabe como é.

— Onde foi?

— No motel. Pena que tão depressa.

— Ele funciona?

— Pudera. Tem filho de três anos.

— E você? Com teu marido? Nada entre os dois?

— Engraçado. Mulher que amarra a trompa fica fria para o marido. Para os outros, não. Você me entende. Por que será?

— Eu é que sei?

O doutor aflito com a mãozinha rapinante que rodeia o boizinho amarelo de barro.

— Não bula aí, menina.

— Te contei do carpinteiro?

— Acho que não.

— Foi lá uma tarde consertar o balcão. Eu passava pela sala, sentia o olho atrás de mim. Mulher sabe, ela adivinha. Não foi dita uma palavra. Voltei da cozinha, olhei aquele braço mais peludo. Me deu uma coisa.

— ...

— Ele deixou o martelo no assento da cadeira.

— Com dois pregos ainda na boca?

— Não brinque, você. A cama estava perto. Só fechamos a porta. No berço ao lado esse anjinho dormia.

— Foi bom?

— Melhor por causa do perigo. Duas da tarde, já viu. Bem que gostei.

– Foi por cima?

– Como eu gosto.

O doutor estende o braço por entre os códigos na mesa.

– Pena que não voltou.

Ela pega com os dedinhos ligeiros, que se fecham – o roxo da unha descascando.

– Decerto ficou com medo.

Não é que, sem aviso, a menina avança a mãozinha, abre os dedos da mãe, agarra a nota amassada?

– Dá pra mim.

A dona quer protestar, em vão.

– É minha.

Repete a menina. Gesto tão natural, não parece a primeira vez. A guardiã feroz da mãe.

O BARQUINHO BÊBADO

Bêbado, onze da noite, voltava para casa. No rumo de casa, mesmo que lá não chegasse. Mulher e filhas viajando, Curitiba toda sua.

No ponto de ônibus, a menina de calça comprida azul, blusa rósea de seda, bolsa branca de cursinho.

– Entre.

Tão decidido, ela nem relutou.

– Que eu te levo.

Alta, peituda, o mulherão sorriu: era toda dentes.

– Entre, minha filha.

Ela obedeceu, a bolsa volumosa no colo. Amigos de infância, Laurinho contou-lhe a vida inteira. Ela não aluna, mas professora, trinta anos, casadinha. Muito distinto, não a tocou. Ria fácil, ela ainda mais.

Insinuou-se de carro na garagem. Escuro, ninguém ia ver. Cruzaram a cozinha, o corredor, a sala, até o escritório, mais conchegante no sofá de veludo.

Trouxe o gelo no baldinho. Serviu doses duplas da velha botija.

– Ao nosso encontro!

Mal se distraiu, ela desceu a mão e segurou.

– Seu diabinho reinador.

Só então o primeiro beijo. A peça em penumbra, ele também com pouca luz. Iniciativa da língua foi dela. Ao retribuir, o arrepio de susto no grampinho do canino.

– É a minha perdição, querido. Sabe que o meu marido...

Debateu-se, o nariz afundado no terceiro seio.

– ...eu nunca traí?

Copo na mão, celebrou o barco bêbado de papel, que era ele mesmo. Na viagem ao fim da noite, fazendo água e ardendo em chamas. Assombrado por hipocampos voadores e pontões vermelhos de olho fosforescente.

– Um sujeito como você. É uma sorte. Nem todas têm a mesma sorte.

O tipo fabuloso agradecia os assobios e as palmas.

– Agora aparece a das Dores na tua vida. Tua esposa não sabe a sorte que tem. Como você é bacana...

Deslumbrado, a primeira mulher que o compreendia.

– ...e conseqüente.

Se voltasse à cena, repetindo o famoso número?

– Ali o banheiro.

Aos tombos correu para o das filhas. Quando ela voltou, já estava na cama, peladinho, a ponta do lençol erguida.

Luz do corredor acesa, o quarto em penumbra. Com a roupa na mão ela escondia os mamelões. Só de calcinha, das antigas, rendas e fitas, da coxa ao umbigo. Coxa de dona madura, grossa que vai afinando.

Ainda a grande amante da madruga, a musa dos anos quarenta, pão e vinho da última ceia. Pudera, não o achou culto, falastrão, sedutor?

Ela deu a volta e enfiou-se debaixo do lençol. Ai, a falta que um espelho faz. O responsório da velha liturgia:

– Quedê o toicinho daqui?

– ....!

– Quedê o fogo?

– ......? ....?

– Quedê o boi?

– ....? ....!

Aluna, por que desbocada? Professora, nenhum palavrão.

Ele exigiu todas as variações, por cima, de lado, por baixo, cabeça trocada. Para beijar como ela beijava traía o marido com o próprio marido.

Até que foi aquela gritaria. Depois a célebre cochiladinha. Acordou assustado, olhou no pulso: duas horas. Entrou no chuveiro, barbeou-se, trocou de óculo. Sentou-se na cama. Acordou-a para que o visse.

– Mãezinha do céu! Esse bonitão quem é?

Depressa tirou o paletó, gravata, camisa, calça, sapato. Montou a egüinha dócil e, na falta de chicote, bateu com a mão aberta.

Mais um banho. Ela sugeriu que os dois, ele não quis. Ela pedia uma touca, – deu a da mulher. Cada banho ele usava uma toalha. Era só toalha pelos cantos.

Demorava demais, a das Dores. Impaciente que fosse embora. Não estaria remexendo nos brincos e pulseiras da mulher? Abriu a porta, retocava-se no espelho, ainda em calcinha. Cara medonha rebocada – Desdêmona travestida do Mouro de Veneza.

– Não está pronta?

Trinta anos que eram mais de quarenta.

– Só um minutinho.

Bem igual à mulher. Esfregou as mãos de nervoso. Ao ficar de pé – oh, não – mais uma baixinha.

– Não achei o sapato, bem.

Olhou de relance o pé – e do que viu não gostou.

– Deixou lá no escritório.

Foi atrás dela, não tocasse nos seus discos e livros. Uma ratona parda de gravata borboleta, esse era o sapato.

– Agora vamos.

– Sei fazer café bem gostoso.

Toda bandida sempre esfomeada.

– Deixe o gostinho bom da bebida.

Ela se extasiava na sala com o toque pimpão da mulher, museu de horrores, monumento ao mau gosto. Achou a filha na moldura muito parecida com o pai.

– Eu tenho dois. O rapaz de dezoito. A mocinha de quinze.

Sofria demais com o marido, monstro moral que...

Rompeu a toda velocidade, nauseado com a morrinha da pintura. Fraquinho, enfarado, arrependido. À luz crua da manhã, não era a avó torta da menina do cursinho? Se olhasse na bolsa, em vez de livro e caderno, o longo verde de cetim, meia maçã e broinha de fubá?

A corrida aflita e, apesar dos grandes silêncios, sempre um galã.

– Pare na esquina, bem.

Ele parou e, sem desligar, acelerava.

– Quando te vejo?

– Duas da tarde. Espere aqui mesmo. Combinado, querida?

Essa, nunca mais. Aperto cerimonioso de mão. Arrancava cantando o pneu.

Estacou no primeiro bar. No balcão infecto, média com pão e queijo. Mastigou sem gosto. Ao lado, o tipo de naso vermelho enterrado na espuma da cerveja. Ainda ou já? Bem barbeado, já era.

Adentra ligeiro a casa, a boca salivando. No banheiro, ajoelha-se, mete a cabeça no vaso – e invoca o nome de Deus. Despeja todo o café. Fagueiro bem-estar, levita sobre as toalhas. Epa, grãos de areia no olho, a golfada amarela de bile.

Grandes goles de água mineral no gargalo. De novo de joelho no tapete felpudo vermelho. Do fundo da alma o uivo fulgurante, a baba fosfórea no queixo. A cara lá dentro, reduzido ao que é, mísero anão de privada. Nos estertores, geme baixinho e suspira longo – até que faz bem.

Soluça as lágrimas de barata leprosa. Afasta do olho o cabelo molhado até a raiz. Fraqueza na panturrilha, agarra-se pelas paredes, aspira todo o ar da janela. Sacudido de arrepios – ai, ai, ai. Barquinho bêbado jogando no alto-mar da agonia.

Ao meio-dia deita a cabecinha no travesseiro – pior que a famosa náusea do espírito só a do pobre corpinho.

Geme pelo anjo que lhe segure a testa. Com a mão fresquinha enxugue o suor frio da morte na alma. Que lhe dê na boca o chazinho de losna – o mesmo que a mãe fazia para o pai – bem gelado.

– Mãezinha...

A mãe lhe amparava a testa, já a mulher não.

– ...eu quero morrer.

Aperta a veia no pulso – por que bate, ó Deus, tão depressa? –, medroso de contar. No relógio da sala as duas pancadas do juízo final. Consolo único que, em vão o espera, a das Dores da sua vida.

Só não sabe que, na pressa, ela esqueceu no estojo da mulher um dos brincos dourados.

NÃO SE ENXERGA, VELHO?

– Como é que vai, seu João?

– Ai de mim – e aponta o curto polegar para baixo. – Morro logo.

Olhinho vermelho aos gritos: Não morro, não. Nunca mais.

– Isso é luxo, seu João. Quer elogio. E a vista?

– Me abriram a barriga e arruinou o olho. Sabe que lente de óculo é de um a vinte e quatro? Fui até a última. Já não tem o que sirva.

Zangado exibe no bolsinho as duas grossas lentes.

– E o ouvido?

Com a mão em concha na orelha peluda.

– Quase surdo.

– Bobagem, seu João. Olhe para o senhor. Lépido e fagueiro. Ainda cerca uma franguinha?

A gargalhada feliz sacode a barriguinha.

– O médico já me disse: *Não tome aquelas pílulas. Senão acontece como o velho André.*

O risinho bem arteiro.

– *Morre por cima.*

– E o senhor toma?

– O que mais? Se não, nada feito. Não é como antes. Agora preciso duas e três.

– Me conte da mocinha.

– É uma casa no Xaxim. Duas gordas que atendem. Se o cliente é distinto elas têm um quarto especial. Colcha limpinha. Bem vermelha. Revistinha suja. E espelho oval na parede.

– O senhor leva alguma franguinha?

– Já viu. Tantos aninhos.

– Onde que arranja?

– Ponto de ônibus é bom para pegar. Já o doutor não pode. É arriscado.

– Mas o seu João, hein?

Dentinho amarelo bem pequeno – gasto pelo uso.

– Eu posso. Ninguém repara. Outro dia eu vi duas. Achei uma delas bonitinha. Bati no ombro: Como é? Você vem comigo? Era soberba: *Não se enxerga, velho?*

– Que doninha confiada.

– Por duas notas, já viu, ela aceitou. Cheguei de táxi. Desci com a menina. A gorda me disse: *Essa é muito criança.* Me levou para o quarto secreto. *Se vier a polícia não tem perigo.*

– Como é que foi?

– Ah, doutor. Nem queira saber.

– Branca ou morena?

Olhinho miúdo, porém safado no último.

– Branquinha.

– Foi por cima?

– E por baixo. Sabe? É só chegar. Não tem perigo. O doutor entra de vereda.

– Seu João prefere a novinha?

– As mais crescidas sabem tudo. Menina...

Meio de joelho e mãozinha posta para o alto.

– ...a gente que ensina.

– ...

– Ela me enxuga a testa. Até que esta bendita veia se acalma. Ai, soninho gostoso. Arrumo a cabeça no peitinho e fecho o olho.

– Bem se regala, hein, seu João?

– Ela me sacode: *Acorde, avozinho.* Me chama de avô, a santinha. *Puxa, como ronca.*

– Ai, se nhá Maria...

– Sabe que não alcanço o cordão do sapato? Ela que aperta ali de joelho. *Tadinho do meu velho* – e me abana com a revista.

— Não tem medo, seu João? Que tal se... Deus o livre...

— Que nada. Só fortalece o coração. Por que o doutor não experimenta?

O QUADRINHO

Domingo de sol, dez da manhã. Lidando em casa na maldita pia entupida. Palmas e vozes no portão. A mulher me chama, se posso trocar o chuveiro para uma vizinha. Assim me livro um pouco da desgraçada pia, por que não?

Vou mesmo de moletom cinza e sandália. Mais a caixa de ferramenta. Sigo a menina de seus treze anos e, já viu, de peitinho. A duas quadras, se despede diante da pequena casa de madeira, com a avozinha à janela.

Que vem me receber. Velhota de trato, roupão de seda rosa e chinelo felpudo.

– Por aqui.

Com mil desculpas. Incomodar até no domingo.

– Que nada. É distração.

Direto ao banheiro. Enquanto instalo o novo chuveiro, ela me entretém, falando e sorrindo ali na porta.

– Ai, a falta que um homem faz. Até um simples conserto. Trocar uma lâmpada. Quando você perde é que reconhece. Não fosse a boa vontade dos vizinhos. A mulher, coitada, tem outras prendas.

Suspirosa, ajeita o cabelo acaju de cachinho. Epa! uma grossa pérola na orelha de porcelana antiga.

– Seis anos que ele se foi. Ai, triste de quem fica. Sozinha, numa cama fria. Toda esta casa só pra mim. Tenho tudo e não tenho nada.

Repuxa a manga para o jato de água quente. Ao enxugar a mãozinha gorducha, já me esbarrando e se aconchegando. Engulo em seco – sem nada debaixo do roupão?

– Será que você podia... Aqui no quarto. Pendurar um quadrinho?

A grande cama de casal, ainda com dois travesseiros. Diante do espelho da penteadeira, ela descansa no meu ombro a cabecinha perfumada. Me sobe o calorão. Levo os cinco dedos ao peito cheio e, quem diria, durinho. Ela sente o volume. Beijo a boquinha aberta – nem carece empurrar, já dobra os joelhos.

Fora com o moletom, só de camiseta. A sandália cai sozinha. No criado-mudo um pote de creme verde, seja para o que for, já me sirvo. Derrubo com roupão e tudo. Só abrir, nuazinha, está pronta. Fico por cima, dois arrancos, vira o branco do olho.

Vou com tudo, ela recebe num longo suspiro. Entro com firmeza. Aí geme e pede para morrer. No terceiro golpe, dá um grito. Alto para ouvir na rua. Lá longe na minha casa. Nem sabe que aos brados:

– Jesus Maria José!

Enfio a língua na garganta, afogo o berro. Lá vou eu – e vou fundo –, lá vem ela. Quer mais? Castigo sem dó. Que se farte, a avozinha. Tudo e o céu também. Uai, me estendo de costas e puxo o fôlego.

– Aceita um licorzinho de uva?

Demorar não posso, a dita pia me espera.

– Ah, um cafezinho, eu insisto.

Faz questão que me sente. Na cozinha, porém à cabeceira da mesa. Grande caneca de café com leite. Falamos da carestia e tal. A conversa está boa, mas tenho de ir.

– Se eu precisar, já sei quem me acode.

Me leva até a porta. Despedida cerimoniosa, dois velhinhos de muito respeito.

– Basta a menina me chamar.

Meia hora, se tanto. Pendurar o quadrinho, não me lembrei. O retrato oval do falecido na moldura dourada?

Ninguém ouviu o grito lá em casa.

ORGIAS DO MINOTAURO

– Não. Sente no sofá. Aqui é melhor.
– Estou com pressa, doutor.
– É loiro natural teu cabelo?
– Clareio com xampu.
– Pensou na minha proposta?
– Não vim aqui para isso.
– De fato. É que a assinatura na procuração não confere.
– Uns rabinhos que inventei. Para enfeitar. Só de nervosa.

Pego na mãozinha – ela deixa.
– O que eu quero é isso. Por mim ficava a manhã inteira. Namorando você. Mãozinha dada. É o que me basta.

Longe o olhinho azul, enjoada de ouvir elogio.
– Dar um beijinho. Aqui.

Me achego e beijo a face – sem pintura, que maravilha. Fagueira penugem de nêspera madurinha.

— Na boquinha? Bem de leve.

— Não.

— Hoje está cheirosa.

Perfumou-se para vir aqui. Mais indiferente que pareça.

— É francês.

— Nem precisa. Já viu macieira iluminada em flor toda suspirosa de abelha? É você.

— ...

— Me conta a tua vida. Disse que trabalha desde os onze anos. Que aconteceu nos últimos dez?

— Primeiro a mãe veio morar aqui. Viúva, uma tropa de filhos. De oito sou a terceira. Ela não se acostumou. Daí eu fiquei. Como um traste esquecido.

— Morava com quem?

— Na casa de outra menina.

— De graça?

— Pagava com meu trabalhinho. Na vida nada é de graça. Daí fui mudando de emprego. E hoje aqui estou. Sofrida e triste.

— Anos difíceis. Não gosta de falar? A palma de tua mão está úmida. Será de aflita?

Os dedos entrelaçados, vez em quando os aperto – uma em cinco ela responde.

— Acho que sim.

— De mim não tenha medo.
— E hei de ter?
— Já que não fala de tua vida. Me conte como você é. Que mãozinha linda. Quanto você tem de quadril?
— Não sei.
Afagando e medindo coxa acima.
— Calculo uns noventa.
— Emagreci bastante.
— E o teu peitinho? Posso pegar?
Alcanço o primeiro botão da blusinha branca, já se defende.
— Assim, não.
— Como será que é? Muita vontade de ver o biquinho.
— Igual das outras.
— Aí que se engana. É diferente. Um tem o bico mais escuro. Outro, durinho e rosado. O teu deve ser assim.
— Nunca reparei.
— Sabe que um é mais pequeno que outro? Será o teu esquerdo?
— ...
— De uma, o seio raso da taça de champanha. De outra, bojudo copo de conhaque para aquecer na palma da mão.

— ...

— Pensou na minha proposta? Umas poucas de concessões.

— Como assim?

— Primeiro pego na tua mão. O que já deixou. Isso é bom. Me faz tanto bem.

Não me contenho e agarro uma e outra.

— Depois te apalpo. Aqui.

Em delírio aliso a coxa trêmula.

— Daí te beijo. Não esse beijinho na face. Um turbilhão louco de beijos.

E dou um, dois, três. De leve, para não assustar.

— Enfim um beijo de língua. Que você retribui.

Dardejo a lingüinha de lagartixa sequiosa debaixo da pedra.

— Sabe o que é acabar?

— ...

— Sabe ou não?

— Para mim é terminar alguma coisa.

— Não é bem isso. Os livros dizem orgasmo. A parte mais gostosa do ato sexual. Já experimentou?

— Não sei o que é.

— Será que é fria? Ou não achou quem te

entendesse. Te iniciasse com doçura e paciência. Sabe o que eu faria?

– ...

– Te ajudava a baixar essa calça azul. Abria as tuas pernas. E com este dedinho acordava o teu vulcão.

– Credo, doutor.

Interessada, quem sabe. Um tantinho incrédula.

– Nunca mais seria a mesma. Chamaria você de nuvem, anjo, estrela. O que alguém jamais disse a ninguém. Sabe, Maria?

– ...

– Você é a redonda lua verde do olho amarelo...

– Nossa, doutor.

– ... que, aos cinco anos, desenhei na capa do meu caderno escolar.

– ...

– Mimosa flor com duas tetas. Dália sensitiva com bundinha.

– ...

– Uma empadinha recheada de camarão e premiada com azeitona preta.

– ...

— Já viu canarinha branca se banhando de penas arrepiadas na tigela florida?

— ...

— Você faz de mim uma criança com bichas que come terra.

— Assim eu encabulo, doutor.

— No meio das pernas um botão chamado cli-tó-ris. Ali é que meu dedinho ia bulir.

Cada vez mais afrontada e afogueada.

— Depois te beijava da ponta do cabelo até a unha encarnada do pé. Cada pedacinho escondido de teu corpo. Afastava essa coxa branquinha de arroz lavado em sete águas. E me perdia no teu abismo de grandes lábios de rosa.

Agora a mãozinha quente e molhada.

— Sou homem de certa idade. Com a minha vivência faria você sentir prazer até no terceiro dedinho do pé esquerdo. De tanto gozo sairia flutuando pela janela sobre os telhados da Praça Tiradentes.

— ...

— E virgem, se quiser, você continua.

— ...

— Juro que te respeito. Como está me vendo, assim eu fico: todinho vestido. De colete abotoado e gravata.

– ...

– Até de óculo. Só tiro o paletó. Nenhum perigo para você.

– ...

– Em troca dessa alegria lhe ofereço um prêmio. Duas notas novas.

– ...

– Quer experimentar hoje?

– Próxima vez eu resolvo.

– Por que não agora? Já está aqui. Tão fácil. Até chovendo. Mais aconchegante.

– Hoje, não.

– Você que sabe. Só não creio na tua frieza. Tudo me diz que é moça fogosa. Essa boca vermelha e carnuda. É de quem gosta. Mais uma coisa, anjo, enquanto eu falava, o teu narizinho abria e fechava.

– ...

– Veja. Como está fremente.

– ...

– Ninguém te diz nada? O noivinho não te canta?

– Cantar, todos cantam. Eu sei me defender.

– Por que a cisma da virgindade? Se gosta dele, algum mal em deitar no sofá?

— Prefiro assim. Ele é ciumento. Sempre está brigando.

— Monstro moral. Só quer para ele. Já provou beijo de noventa segundos?

— Não contei.

— Ao teu noivo falta imaginação. Fico um dia inteiro olhando você. De joelho e mão posta. Louvando essas graças que Deus te deu. Agora um beijinho. Na boca.

Seguro o rosto, forcejo, ela resiste.

— Ah, ingrata. Que tamanho o teu pé? Isso você sabe.

— Trinta e cinco.

— Bonitinho deve ser. Aposto que sem joanete. Sabe que as moças se masturbam? Você não tem experiência? Todas têm. De noite pensa num rapaz bonito e brinca com o dedinho. Nunca fez isso?

Sem resposta.

— Teu noivo é bonito?

— Nem tanto.

— Então algum artista famoso. Deixa ler a palma da mão.

De repente muito curiosa.

— Este xis é uma boa notícia. Que não esperava.

– O quê?

– Rolar comigo no tapete.

Nem sorri.

– Você não sonha, amor?

– Todos sonham. Eu, ter o meu cantinho.

– Não é isso. De olho aberto. Visões eróticas. Em toda família...

– É tarde. Preciso ir, doutor.

– Então dá um abraço. Assim.

Envolvo-a nos braços. Ela não corresponde.

– Ai, me deixa. Beijar essa carinha mais santa.

E osculo as duas faces rosadinhas.

– Agora a tua vez.

Um furtivo beijo. Seco, unzinho só.

– Aqui o teu presente.

– Não posso, doutor.

– Sabe que toda família curitibana tradicional...

– Sou moça de princípios.

– ... tem um louquinho preso no porão?

– Cruzes, doutor.

Ó maldito Minotauro uivando e babando perdido no próprio labirinto.

– Me trate de você. Doutor já não sou. Apenas um doidinho manso. De paixão cativo.

Indecisa, morde o beicinho.

– De mim o que vai pensar?

Guarda na bolsa as duas notas. E concede o primeiro sorriso.

Coleção **L&PM** POCKET (LANÇAMENTOS MAIS RECENTES)

210. O grande deflorador – Dalton Trevisan
212. Homem do princípio ao fim – Millôr Fernandes
213. Aline e seus dois namorados (1) – A. Iturrusgarai
214. A juba do leão – Sir Arthur Conan Doyle
215. Assassino metido a esperto – R. Chandler
216. Confissões de um comedor de ópio – T. De Quincey
217. Os sofrimentos do jovem Werther – Goethe
218. Fedra – Racine / Trad. Millôr Fernandes
219. O vampiro de Sussex – Conan Doyle
220. Sonho de uma noite de verão – Shakespeare
221. Dias e noites de amor e de guerra – Galeano
222. O Profeta – Khalil Gibran
223. Flávia, cabeça, tronco e membros – M. Fernandes
224. Guia da ópera – Jeanne Suhamy
225. Macário – Álvares de Azevedo
226. Etiqueta na prática – Celia Ribeiro
227. Manifesto do partido comunista – Marx & Engels
228. Poemas – Millôr Fernandes
229. Um inimigo do povo – Henrik Ibsen
230. O paraíso destruído – Frei B. de las Casas
231. O gato no escuro – Josué Guimarães
232. O mágico de Oz – L. Frank Baum
233. Armas no Cyrano's – Raymond Chandler
234. Max e os felinos – Moacyr Scliar
235. Nos céus de Paris – Alcy Cheuiche
236. Os bandoleiros – Schiller
237. A primeira coisa que eu botei na boca – Deonísio da Silva
238. As aventuras de Simbad, o marujo
239. O retrato de Dorian Gray – Oscar Wilde
240. A carteira de meu tio – J. Manuel de Macedo
241. A luneta mágica – J. Manuel de Macedo
242. A metamorfose – Kafka
243. A flecha de ouro – Joseph Conrad
244. A ilha do tesouro – R. L. Stevenson
245. Marx - Vida & Obra – José A. Giannotti
246. Gênesis
247. Unidos para sempre – Ruth Rendell
248. A arte de amar – Ovídio
249. O sono eterno – Raymond Chandler
250. Novas receitas do Anonymus Gourmet – J.A.P.M.
251. A nova catacumba – Arthur Conan Doyle
252. Dr. Negro – Arthur Conan Doyle
253. Os voluntários – Moacyr Scliar
254. A bela adormecida – Irmãos Grimm
255. O príncipe sapo – Irmãos Grimm
256. Confissões e Memórias – H. Heine
257. Viva o Alegrete – Sergio Faraco
258. Vou estar esperando – R. Chandler
259. A senhora Beate e seu filho – Schnitzler
260. O ovo apunhalado – Caio Fernando Abreu
261. O ciclo das águas – Moacyr Scliar
262. Millôr Definitivo – Millôr Fernandes
264. Viagem ao centro da Terra – Júlio Verne
265. A dama do lago – Raymond Chandler
266. Caninos brancos – Jack London
267. O médico e o monstro – R. L. Stevenson
268. A tempestade – William Shakespeare
269. Assassinatos na rua Morgue – E. Allan Poe
270. 99 corruíras nanicas – Dalton Trevisan
271. Broquéis – Cruz e Sousa
272. Mês de cães danados – Moacyr Scliar
273. Anarquistas – vol. 1 – A idéia – G. Woodcock
274. Anarquistas – vol. 2 – O movimento – G.Woodcock
275. Pai e filho, filho e pai – Moacyr Scliar
276. As aventuras de Tom Sawyer – Mark Twain
277. Muito barulho por nada – W. Shakespeare
278. Elogio da loucura – Erasmo
279. Autobiografia de Alice B. Toklas – G. Stein
280. O chamado da floresta – J. London
281. Uma agulha para o diabo – Ruth Rendell
282. Verdes vales do fim do mundo – A. Bivar
283. Ovelhas negras – Caio Fernando Abreu
284. O fantasma de Canterville – O. Wilde
285. Receitas de Yayá Ribeiro – Celia Ribeiro
286. A galinha degolada – H. Quiroga
287. O último adeus de Sherlock Holmes – A. Conan Doyle
288. A. Gourmet *em* Histórias de cama & mesa – J. A. Pinheiro Machado
289. Topless – Martha Medeiros
290. Mais receitas do Anonymus Gourmet – J. A. Pinheiro Machado
291. Origens do discurso democrático – D. Schüler
292. Humor politicamente incorreto – Nani
293. O teatro do bem e do mal – E. Galeano
294. Garibaldi & Manoela – J. Guimarães
295. 10 dias que abalaram o mundo – John Reed
296. Numa fria – Bukowski
297. Poesia de Florbela Espanca vol. 1
298. Poesia de Florbela Espanca vol. 2
299. Escreva certo – E. Oliveira e M. E. Bernd
300. O vermelho e o negro – Stendhal
301. Ecce homo – Friedrich Nietzsche
302(7). Comer bem, sem culpa – Dr. Fernando Lucchese, A. Gourmet e Iotti
303. O livro de Cesário Verde – Cesário Verde
305. 100 receitas de macarrão – S. Lancellotti
306. 160 receitas de molhos – S. Lancellotti
307. 100 receitas light – H. e Â. Tonetto
308. 100 receitas de sobremesas – Celia Ribeiro
309. Mais de 100 dicas de churrasco – Leon Diziekaniak
310. 100 receitas de acompanhamentos – C. Cabeda
311. Honra ou vendetta – S. Lancellotti
312. A alma do homem sob o socialismo – Oscar Wilde
313. Tudo sobre Yôga – Mestre De Rose
314. Os varões assinalados – Tabajara Ruas
315. Édipo em Colono – Sófocles
316. Lisístrata – Aristófanes / trad. Millôr
317. Sonhos do Bunker Hill – John Fante
318. Os deuses de Raquel – Moacyr Scliar
319. O colosso de Marússia – Henry Miller
320. As eruditas – Molière / trad. Millôr
321. Radicci 1 – Iotti
322. Os Sete contra Tebas – Ésquilo
323. Brasil Terra à vista – Eduardo Bueno
324. Radicci 2 – Iotti

325. **Júlio César** – William Shakespeare
326. **A carta de Pero Vaz de Caminha**
327. **Cozinha Clássica** – Sílvio Lancellotti
328. **Madame Bovary** – Gustave Flaubert
329. **Dicionário do viajante insólito** – M. Scliar
330. **O capitão saiu para o almoço...** – Bukowski
331. **A carta roubada** – Edgar Allan Poe
332. **É tarde para saber** – Josué Guimarães
333. **O livro de bolso da Astrologia** – Maggy Harrisonx e Mellina Li
334. **1933 foi um ano ruim** – John Fante
335. **100 receitas de arroz** – Aninha Comas
336. **Guia prático do Português correto – vol. 1** – Cláudio Moreno
337. **Bartleby, o escriturário** – H. Melville
338. **Enterrem meu coração na curva do rio** – Dee Brown
339. **Um conto de Natal** – Charles Dickens
340. **Cozinha sem segredos** – J. A. P. Machado
341. **A dama das Camélias** – A. Dumas Filho
342. **Alimentação saudável** – H. e Â. Tonetto
343. **Continhos galantes** – Dalton Trevisan
344. **A Divina Comédia** – Dante Alighieri
345. **A Dupla Sertanojo** – Santiago
346. **Cavalos do amanhecer** – Mario Arregui
347. **Biografia de Vincent van Gogh por sua cunhada** – Jo van Gogh-Bonger
348. **Radicci 3** – Iotti
349. **Nada de novo no front** – E. M. Remarque
350. **A hora dos assassinos** – Henry Miller
351. **Flush - Memórias de um cão** – Virginia Woolf
352. **A guerra no Bom Fim** – M. Scliar
353(1). **O caso Saint-Fiacre** – Simenon
354(2). **Morte na alta sociedade** – Simenon
355(3). **O cão amarelo** – Simenon
356(4). **Maigret e o homem do banco** – Simenon
357. **As uvas e o vento** – Pablo Neruda
358. **On the road** – Jack Kerouac
359. **O coração amarelo** – Pablo Neruda
360. **Livro das perguntas** – Pablo Neruda
361. **Noite de Reis** – William Shakespeare
362. **Manual de Ecologia** – vol.1 – J. Lutzenberger
363. **O mais longo dos dias** – Cornelius Ryan
364. **Foi bom prá você?** – Nani
365. **Crepusculário** – Pablo Neruda
366. **A comédia dos erros** – Shakespeare
367(5). **A primeira investigação de Maigret** – Simenon
368(6). **As férias de Maigret** – Simenon
369. **Mate-me por favor (vol.1)** – L. McNeil
370. **Mate-me por favor (vol.2)** – L. McNeil
371. **Carta ao pai** – Kafka
372. **Os vagabundos iluminados** – J. Kerouac
373(7). **O enforcado** – Simenon
374(8). **A fúria de Maigret** – Simenon
375. **Vargas, uma biografia política** – H. Silva
376. **Poesia reunida (vol.1)** – A. R. de Sant'Anna
377. **Poesia reunida (vol.2)** – A. R. de Sant'Anna
378. **Alice no país do espelho** – Lewis Carroll
379. **Residência na Terra 1** – Pablo Neruda
380. **Residência na Terra 2** – Pablo Neruda
381. **Terceira Residência** – Pablo Neruda
382. **O delírio amoroso** – Bocage
383. **Futebol ao sol e à sombra** – E. Galeano
384(9). **O porto das brumas** – Simenon
385(10). **Maigret e seu morto** – Simenon
386. **Radicci 4** – Iotti
387. **Boas maneiras & sucesso nos negócios** – Celia Ribeiro
388. **Uma história Farroupilha** – M. Scliar
389. **Na mesa ninguém envelhece** – J. A. P. Machado
390. **200 receitas inéditas do Anonymus Gourmet** – J. A. Pinheiro Machado
391. **Guia prático do Português correto – vol.2** – Cláudio Moreno
392. **Breviário das terras do Brasil** – Assis Brasil
393. **Cantos Cerimoniais** – Pablo Neruda
394. **Jardim de Inverno** – Pablo Neruda
395. **Antonio e Cleópatra** – William Shakespeare
396. **Tróia** – Cláudio Moreno
397. **Meu tio matou um cara** – Jorge Furtado
398. **O anatomista** – Federico Andahazi
399. **As viagens de Gulliver** – Jonathan Swift
400. **Dom Quixote** – (v. 1) – Miguel de Cervantes
401. **Dom Quixote** – (v. 2) – Miguel de Cervantes
402. **Sozinho no Pólo Norte** – Thomaz Brandolin
403. **Matadouro 5** – Kurt Vonnegut
404. **Delta de Vênus** – Anaïs Nin
405. **O melhor de Hagar 2** – Dik Browne
406. **É grave Doutor?** – Nani
407. **Orai pornô** – Nani
408(11). **Maigret em Nova York** – Simenon
409(12). **O assassino sem rosto** – Simenon
410(13). **O mistério das jóias roubadas** – Simenon
411. **A irmãzinha** – Raymond Chandler
412. **Três contos** – Gustave Flaubert
413. **De ratos e homens** – John Steinbeck
414. **Lazarilho de Tormes** – Anônimo do séc. XVI
415. **Triângulo das águas** – Caio Fernando Abreu
416. **100 receitas de carnes** – Sílvio Lancellotti
417. **Histórias de robôs**: vol. 1 – org. Isaac Asimov
418. **Histórias de robôs**: vol. 2 – org. Isaac Asimov
419. **Histórias de robôs**: vol. 3 – org. Isaac Asimov
420. **O país dos centauros** – Tabajara Ruas
421. **A república de Anita** – Tabajara Ruas
422. **A carga dos lanceiros** – Tabajara Ruas
423. **Um amigo de Kafka** – Isaac Singer
424. **As alegres matronas de Windsor** – Shakespeare
425. **Amor e exílio** – Isaac Bashevis Singer
426. **Use & abuse do seu signo** – Marília Fiorillo e Marylou Simonsen
427. **Pigmaleão** – Bernard Shaw
428. **As fenícias** – Eurípides
429. **Everest** – Thomaz Brandolin
430. **A arte de furtar** – Anônimo do séc. XVI
431. **Billy Bud** – Herman Melville
432. **A rosa separada** – Pablo Neruda
433. **Elegia** – Pablo Neruda
434. **A garota de Cassidy** – David Goodis
435. **Como fazer a guerra: máximas de Napoleão** – Balzac
436. **Poemas escolhidos** – Emily Dickinson
437. **Gracias por el fuego** – Mario Benedetti
438. **O sofá** – Crébillon Fils
439. **O "Martín Fierro"** – Jorge Luis Borges
440. **Trabalhos de amor perdidos** – W. Shakespeare

441. O melhor de Hagar 3 – Dik Browne
442. Os Maias (volume1) – Eça de Queiroz
443. Os Maias (volume2) – Eça de Queiroz
444. Anti-Justine – Restif de La Bretonne
445. Juventude – Joseph Conrad
446. Contos – Eça de Queiroz
447. Janela para a morte – Raymond Chandler
448. Um amor de Swann – Marcel Proust
449. À paz perpétua – Immanuel Kant
450. A conquista do México – Hernan Cortez
451. Defeitos escolhidos e 2000 – Pablo Neruda
452. O casamento do céu e do inferno – William Blake
453. A primeira viagem ao redor do mundo – Antonio Pigafetta
454. (14). Uma sombra na janela – Simenon
455. (15). A noite da encruzilhada – Simenon
456. (16). A velha senhora – Simenon
457. Sartre – Annie Cohen-Solal
458. Discurso do método – René Descartes
459. Garfield em grande forma (1) – Jim Davis
460. Garfield está de dieta (2) – Jim Davis
461. O livro das feras – Patricia Highsmith
462. Viajante solitário – Jack Kerouac
463. Auto da barca do inferno – Gil Vicente
464. O livro vermelho dos pensamentos de Millôr – Millôr Fernandes
465. O livro dos abraços – Eduardo Galeano
466. Voltaremos! – José Antonio Pinheiro Machado
467. Rango – Edgar Vasques
468. (8). Dieta mediterrânea – Dr. Fernando Lucchese e José Antonio Pinheiro Machado
469. Radicci 5 – Iotti
470. Pequenos pássaros – Anaïs Nin
471. Guia prático do Português correto – vol.3 – Cláudio Moreno
472. Atire no pianista – David Goodis
473. Antologia Poética – García Lorca
474. Alexandre e César – Plutarco
475. Uma espiã na casa do amor – Anaïs Nin
476. A gorda do Tiki Bar – Dalton Trevisan
477. Garfield um gato de peso (3) – Jim Davis
478. Canibais – David Coimbra
479. A arte de escrever – Arthur Schopenhauer
480. Pinóquio – Carlo Collodi
481. Misto-quente – Bukowski
482. A lua na sarjeta – David Goodis
483. O melhor do Recruta Zero (1) – Mort Walker
484. Aline: TPM – tensão pré-monstrual (2) – Adão Iturrusgarai
485. Sermões do Padre Antonio Vieira
486. Garfield numa boa (4) – Jim Davis
487. Mensagem – Fernando Pessoa
488. Vendeta *seguido de* A paz conjugal – Balzac
489. Poemas de Alberto Caeiro – Fernando Pessoa
490. Ferragus – Honoré de Balzac
491. A duquesa de Langeais – Honoré de Balzac
492. A menina dos olhos de ouro – Honoré de Balzac
493. O lírio do vale – Honoré de Balzac
494. (17). A barcaça da morte – Simenon
495. (18). As testemunhas rebeldes – Simenon
496. (19). Um engano de Maigret – Simenon
497. (1). A noite das bruxas – Agatha Christie
498. (2). Um passe de mágica – Agatha Christie
499. (3). Nêmesis – Agatha Christie
500. Esboço para uma teoria das emoções – Sartre
501. Renda básica de cidadania – Eduardo Suplicy
502. (1). Pílulas para viver melhor – Dr. Lucchese
503. (2). Pílulas para prolongar a juventude – Dr. Lucchese
504. (3). Desembarcando o diabetes – Dr. Lucchese
505. (4). Desembarcando o sedentarismo – Dr. Fernando Lucchese e Cláudio Castro
506. (5). Desembarcando a hipertensão – Dr. Lucchese
507. (6). Desembarcando o colesterol – Dr. Fernando Lucchese e Fernanda Lucchese
508. Estudos de mulher – Balzac
509. O terceiro tira – Flann O'Brien
510. 100 receitas de aves e ovos – J. A. P. Machado
511. Garfield em toneladas de diversão (5) – Jim Davis
512. Trem-bala – Martha Medeiros
513. Os cães ladram – Truman Capote
514. O Kama Sutra de Vatsyayana
515. O crime do Padre Amaro – Eça de Queiroz
516. Odes de Ricardo Reis – Fernando Pessoa
517. O inverno da nossa desesperança – Steinbeck
518. Piratas do Tietê (1) – Laerte
519. Rê Bordosa: do começo ao fim – Angeli
520. O Harlem é escuro – Chester Himes
521. Café-da-manhã dos campeões – Kurt Vonnegut
522. Eugénie Grandet – Balzac
523. O último magnata – F. Scott Fitzgerald
524. Carol – Patricia Highsmith
525. 100 receitas de patisserie – Sílvio Lancellotti
526. O fator humano – Graham Greene
527. Tristessa – Jack Kerouac
528. O diamante do tamanho do Ritz – S. Fitzgerald
529. As melhores histórias de Sherlock Holmes – Arthur Conan Doyle
530. Cartas a um jovem poeta – Rilke
531. (20). Memórias de Maigret – Simenon
532. (4). O misterioso sr. Quin – Agatha Christie
533. Os analectos – Confúcio
534. (21). Maigret e os homens de bem – Simenon
535. (2). O medo de Maigret – Simenon
536. Ascensão e queda de César Birotteau – Balzac
537. Sexta-feira negra – David Goodis
538. Ora bolas – O humor de Mario Quintana – Juarez Fonseca
539. Longe daqui mesmo – Antonio Bivar
540. (5). É fácil matar – Agatha Christie
541. O pai Goriot – Balzac
542. Brasil, um país do futuro – Stefan Zweig
543. O processo – Kafka
544. O melhor de Hagar 4 – Dik Browne
545. (6). Por que não pediram a Evans? – Agatha Christie
546. Fanny Hill – John Cleland
547. O gato por dentro – William S. Burroughs
548. Sobre a brevidade da vida – Sêneca
549. Geraldão (1) – Glauco
550. Piratas do Tietê (2) – Laerte
551. Pagando o pato – Ciça
552. Garfield de bom humor (6) – Jim Davis
553. Conhece o Mário? vol.1 – Santiago
554. Radicci 6 – Iotti

555. Os subterrâneos – Jack Kerouac
556(1). Balzac – François Taillandier
557(2). Modigliani – Christian Parisot
558(3). Kafka – Gérard-Georges Lemaire
559(4). Júlio César – Joël Schmidt
560. Receitas da família – J. A. Pinheiro Machado
561. Boas maneiras à mesa – Celia Ribeiro
562(9). Filhos sadios, pais felizes – R. Pagnoncelli
563(10). Fatos & mitos – Dr. Fernando Lucchese
564. Ménage à trois – Paula Taitelbaum
565. Mulheres! – David Coimbra
566. Poemas de Álvaro de Campos – Fernando Pessoa
567. Medo e outras histórias – Stefan Zweig
568. Snoopy e sua turma (1) – Schulz
569. Piadas para sempre (1) – Visconde da Casa Verde
570. O alvo móvel – Ross Macdonald
571. O melhor do Recruta Zero (2) – Mort Walker
572. Um sonho americano – Norman Mailer
573. Os broncos também amam – Angeli
574. Crônica de um amor louco – Bukowski
575(5). Freud – René Major e Chantal Talagrand
576(6). Picasso – Gilles Plazy
577(7). Gandhi – Christine Jordis
578. A tumba – H. P. Lovecraft
579. O príncipe e o mendigo – Mark Twain
580. Garfield, um charme de gato (7) – Jim Davis
581. Ilusões perdidas – Balzac
582. Esplendores e misérias das cortesãs – Balzac
583. Walter Ego – Angeli
584. Striptiras (1) – Laerte
585. Fagundes: um puxa-saco de mão cheia – Laerte
586. Depois do último trem – Josué Guimarães
587. Ricardo III – Shakespeare
588. Dona Anja – Josué Guimarães
589. 24 horas na vida de uma mulher – Stefan Zweig
590. O terceiro homem – Graham Greene
591. Mulher no escuro – Dashiell Hammett
592. No que acredito – Bertrand Russell
593. Odisséia (1): Telemaquia – Homero
594. O cavalo cego – Josué Guimarães
595. Henrique V – Shakespeare
596. Fabulário geral do delírio cotidiano – Bukowski
597. Tiros na noite 1: A mulher do bandido – Dashiell Hammett
598. Snoopy em Feliz Dia dos Namorados! (2) – Schulz
599. Mas não se matam cavalos? – Horace McCoy
600. Crime e castigo – Dostoiévski
601(1). Mistério no Caribe – Agatha Christie
602. Odisséia (2): Regresso – Homero
603. Piadas para sempre (2) – Visconde da Casa Verde
604. À sombra do vulcão – Malcolm Lowry
605(8). Kerouac – Yves Buin
606. E agora são cinzas – Angeli
607. As mil e uma noites – Paulo Caruso
608. Um assassino entre nós – Ruth Rendell
609. Crack-up – F. Scott Fitzgerald
610. Do amor – Stendhal
611. Cartas do Yage – William Burroughs e Allen Ginsberg
612. Striptiras (2) – Laerte
613. Henry & June – Anaïs Nin
614. A piscina mortal – Ross Macdonald
615. Geraldão (2) – Glauco
616. Tempo de delicadeza – A. R. de Sant'Anna
617. Tiros na noite 2: Medo de tiro – Dashiell Hammett
618. Snoopy em Assim é a vida, Charlie Brown! (3) – Schulz
619. 1954 – Um tiro no coração – Hélio Silva
620. Sobre a inspiração poética (Íon) e ... – Platão
621. Garfield e seus amigos (8) – Jim Davis
622. Odisséia (3): Ítaca – Homero
623. A louca matança – Chester Himes
624. Factótum – Bukowski
625. Guerra e Paz: volume 1 – Tolstói
626. Guerra e Paz: volume 2 – Tolstói
627. Guerra e Paz: volume 3 – Tolstói
628. Guerra e Paz: volume 4 – Tolstói
629(9). Shakespeare – Claude Mourthé
630. Bem está o que bem acaba – Shakespeare
631. O contrato social – Rousseau
632. Geração Beat – Jack Kerouac
633. Snoopy: É Natal! (4) – Charles Schulz
634(8). Testemunha da acusação – Agatha Christie
635. Um elefante no caos – Millôr Fernandes
636. Guia de leitura (100 autores que você precisa ler) – Organização de Léa Masina
637. Pistoleiros também mandam flores – David Coimbra
638. O prazer das palavras – vol. 1 – Cláudio Moreno
639. O prazer das palavras – vol. 2 – Cláudio Moreno
640. Novíssimo testamento: com Deus e o diabo, a dupla da criação – Iotti
641. Literatura Brasileira: modos de usar – Luís Augusto Fischer
642. Dicionário de Porto-Alegrês – Luís A. Fischer
643. Clô Dias & Noites – Sérgio Jockymann
644. Memorial de Isla Negra – Pablo Neruda
645. Um homem extraordinário e outras histórias – Tchékhov
646. Ana sem terra – Alcy Cheuiche
647. Adultérios – Woody Allen
648. Para sempre ou nunca mais – R. Chandler
649. Nosso homem em Havana – Graham Greene
650. Dicionário Caldas Aulete de Bolso
651. Snoopy: Posso fazer uma pergunta, professora? (5) – Charles Schulz
652(10). Luís XVI – Bernard Vincent
653. O mercador de Veneza – Shakespeare
654. Cancioneiro – Fernando Pessoa
655. Non-Stop – Martha Medeiros
656. Carpinteiros, levantem bem alto a cumeeira & Seymour, uma apresentação – J.D.Salinger
657. Ensaios céticos – Bertrand Russell
658. O melhor de Hagar 5 – Dik e Chris Browne
659. Primeiro amor – Ivan Turguêniev
660. A trégua – Mario Benedetti
661. Um parque de diversões da cabeça – Lawrence Ferlinghetti
662. Aprendendo a viver – Sêneca
663. Garfield, um gato em apuros (9) – Jim Davis
664. Dilbert 1 – Scott Adams
665. Dicionário de dificuldades – Domingos Paschoal Cegalla

666. **A imaginação** – Jean-Paul Sartre
667. **O ladrão e os cães** – Naguib Mahfuz
668. **Gramática do português contemporâneo** – Celso Cunha
669. **A volta do parafuso** *seguido de* **Daisy Miller** – Henry James
670. **Notas do subsolo** – Dostoiévski
671. **Abobrinhas da Brasilônia** – Glauco
672. **Geraldão (3)** – Glauco
673. **Piadas para sempre (3)** – Visconde da Casa Verde
674. **Duas viagens ao Brasil** – Hans Staden
675. **Bandeira de bolso** – Manuel Bandeira
676. **A arte da guerra** – Maquiavel
677. **Além do bem e do mal** – Nietzsche
678. **O coronel Chabert** *seguido de* **A mulher abandonada** – Balzac
679. **O sorriso de marfim** – Ross Macdonald
680. **100 receitas de pescados** – Sílvio Lancellotti
681. **O juiz e seu carrasco** – Friedrich Dürrenmatt
682. **Noites brancas** – Dostoiévski
683. **Quadras ao gosto popular** – Fernando Pessoa
684. **Romanceiro da Inconfidência** – Cecília Meireles
685. **Kaos** – Millôr Fernandes
686. **A pele de onagro** – Balzac
687. **As ligações perigosas** – Choderlos de Laclos
688. **Dicionário de matemática** – Luiz Fernandes Cardoso
689. **Os Lusíadas** – Luís Vaz de Camões
690. (11).**Átila** – Éric Deschodt
691. **Um jeito tranqüilo de matar** – Chester Himes
692. **A felicidade conjugal** *seguido de* **O diabo** – Tolstói
693. **Viagem de um naturalista ao redor do mundo** – vol. 1 – Charles Darwin
694. **Viagem de um naturalista ao redor do mundo** – vol. 2 – Charles Darwin
695. **Memórias da casa dos mortos** – Dostoiévski
696. **A Celestina** – Fernando de Rojas
697. **Snoopy: Como você é azarado, Charlie Brown! (6)** – Charles Schulz
698. **Dez (quase) amores** – Claudia Tajes
699. (9).**Poirot sempre espera** – Agatha Christie
700. **Cecília de bolso** – Cecília Meireles
701. **Apologia de Sócrates** *precedido de* **Êutifron** e *seguido de* **Críton** – Platão
702. **Wood & Stock** – Angeli
703. **Striptiras (3)** – Laerte
704. **Discurso sobre a origem e os fundamentos da desigualdade entre os homens** – Rousseau
705. **Os duelistas** – Joseph Conrad
706. **Dilbert (2)** – Scott Adams
707. **Viver e escrever (vol. 1)** – Edla van Steen
708. **Viver e escrever (vol. 2)** – Edla van Steen
709. **Viver e escrever (vol. 3)** – Edla van Steen
710. (10).**A teia da aranha** – Agatha Christie
711. **O banquete** – Platão
712. **Os belos e malditos** – F. Scott Fitzgerald
713. **Libelo contra a arte moderna** – Salvador Dalí
714. **Akropolis** – Valerio Massimo Manfredi
715. **Devoradores de mortos** – Michael Crichton
716. **Sob o sol da Toscana** – Frances Mayes
717. **Batom na cueca** – Nani
718. **Vida dura** – Claudia Tajes
719. **Carne trêmula** – Ruth Rendell
720. **Cris, a fera** – David Coimbra
721. **O anticristo** – Nietzsche
722. **Como um romance** – Daniel Pennac
723. **Emboscada no Forte Bragg** – Tom Wolfe
724. **Assédio sexual** – Michael Crichton
725. **O espírito do Zen** – Alan W. Watts
726. **Um bonde chamado desejo** – Tennessee Williams
727. **Como gostais** *seguido de* **Conto de inverno** – Shakespeare
728. **Tratado sobre a tolerância** – Voltaire
729. **Snoopy: Doces ou travessuras? (7)** – Charles Schulz
730. **Cardápios do Anonymus Gourmet** – J.A. Pinheiro Machado
731. **100 receitas com lata** – J.A. Pinheiro Machado
732. **Conhece o Mário?** vol.2 – Santiago
733. **Dilbert (3)** – Scott Adams
734. **História de um louco amor** *seguido de* **Passado amor** – Horacio Quiroga
735. (11).**Sexo: muito prazer** – Laura Meyer da Silva
736. (12).**Para entender o adolescente** – Dr. Ronald Pagnoncelli
737. (13).**Desembarcando a tristeza** – Dr. Fernando Lucchese
738. **Poirot e o mistério da arca espanhola & outras histórias** – Agatha Christie
739. **A última legião** – Valerio Massimo Manfredi
740. **As virgens suicidas** – Jeffrey Eugenides
741. **Sol nascente** – Michael Crichton
742. **Duzentos ladrões** – Dalton Trevisan
743. **Os devaneios do caminhante solitário** – Rousseau
744. **Garfield, o rei da preguiça (10)** – Jim Davis
745. **Os magnatas** – Charles R. Morris
746. **Pulp** – Charles Bukowski
747. **Enquanto agonizo** – William Faulkner
748. **Aline: viciada em sexo (3)** – Adão Iturrusgarai
749. **A dama do cachorrinho** – Anton Tchékhov
750. **Tito Andrônico** – Shakespeare
751. **Antologia poética** – Anna Akhmátova
752. **O melhor de Hagar 6** – Dik e Chris Browne
753. (12).**Michelangelo** – Nadine Sautel
754. **Dilbert (4)** – Scott Adams
755. **O jardim das cerejeiras** *seguido de* **Tio Vânia** – Tchékhov
756. **Geração Beat** – Claudio Willer
757. **Santos Dumont** – Alcy Cheuiche
758. **Budismo** – Claude B. Levenson
759. **Cleópatra** – Christian-Georges Schwentzel
760. **Revolução Francesa** – Frédéric Bluche, Stéphane Rials e Jean Tulard
761. **A crise de 1929** – Bernard Gazier
762. **Sigmund Freud** – Edson Sousa e Paulo Endo
763. **Império Romano** – Patrick Le Roux
764. **Cruzadas** – Cécile Morrisson
765. **O mistério do Trem Azul** – Agatha Christie
766. **Os escrúpulos de Maigret** – Simenon
767. **Maigret se diverte** – Simenon
768. **Senso comum** – Thomas Paine
769. **O parque dos dinossauros** – Michael Crichton
770. **Trilogia da paixão** – Goethe

771. A simples arte de matar (vol.1) – R. Chandler
772. A simples arte de matar (vol.2) – R. Chandler
773. Snoopy: No mundo da lua! (8) – Charles Schulz
774. Os Quatro Grandes – Agatha Christie
775. Um brinde de cianureto – Agatha Christie
776. Súplicas atendidas – Truman Capote
777. Ainda restam aveleiras – Simenon
778. Maigret e o ladrão preguiçoso – Simenon
779. A viúva imortal – Millôr Fernandes
780. Cabala – Roland Goetschel
781. Capitalismo – Claude Jessua
782. Mitologia grega – Pierre Grimal
783. **Economia: 100 palavras-chave** – Jean-Paul Betbèze
784. Marxismo – Henri Lefebvre
785. Punição para a inocência – Agatha Christie
786. A extravagância do morto – Agatha Christie
787. (13). Cézanne – Bernard Fauconnier
788. A identidade Bourne – Robert Ludlum
789. Da tranquilidade da alma – Sêneca
790. Um artista da fome *seguido de* Na colônia penal e outras histórias – Kafka
791. Histórias de fantasmas – Charles Dickens
792. A louca de Maigret – Simenon
793. O amigo de infância de Maigret – Simenon
794. O revólver de Maigret – Simenon
795. A fuga do sr. Monde – Simenon
796. O Uraguai – Basílio da Gama
797. A mão misteriosa – Agatha Christie
798. Testemunha ocular do crime – Agatha Christie
799. Crepúsculo dos ídolos – Friedrich Nietzsche
800. Maigret e o negociante de vinhos – Simenon
801. Maigret e o mendigo – Simenon
802. O grande golpe – Dashiell Hammett
803. Humor barra pesada – Nani
804. Vinho – Jean-François Gautier
805. Egito Antigo – Sophie Desplancques
806. (14). Baudelaire – Jean-Baptiste Baronian
807. Caminho da sabedoria, caminho da paz – Dalai Lama e Felizitas von Schönborn
808. Senhor e servo e outras histórias – Tolstói
809. Os cadernos de Malte Laurids Brigge – Rilke
810. Dilbert (5) – Scott Adams
811. Big Sur – Jack Kerouac
812. Seguindo a correnteza – Agatha Christie
813. O álibi – Sandra Brown
814. Montanha-russa – Martha Medeiros
815. Coisas da vida – Martha Medeiros
816. A cantada infalível *seguido de* A mulher do centroavante – David Coimbra
817. Maigret e os crimes do cais – Simenon
818. Sinal vermelho – Simenon
819. Snoopy: Pausa para a soneca (9) – Charles Schulz
820. De pernas pro ar – Eduardo Galeano
821. Tragédias gregas – Pascal Thiercy
822. Existencialismo – Jacques Colette
823. Nietzsche – Jean Granier
824. Amar ou depender? – Walter Riso
825. Darmapada: A doutrina budista em versos
826. J'Accuse...! – a verdade em marcha – Zola
827. Os crimes ABC – Agatha Christie
828. Um gato entre os pombos – Agatha Christie
829. Maigret e o sumiço do sr. **Charles** – Simenon
830. Maigret e a morte do jogador – Simenon
831. **Dicionário de teatro** – Luiz Paulo Vasconcellos
832. Cartas extraviadas – Martha Medeiros
833. A longa viagem de prazer – J. J. Morosoli
834. Receitas fáceis – J. A. Pinheiro Machado
835. (14). Mais fatos & mitos – Dr. Fernando Lucchese
836. (15). Boa viagem! – Dr. Fernando Lucchese
837. Aline: Finalmente nua!!! (4) – Adão Iturrusgarai
838. Mônica tem uma novidade! – Mauricio de Sousa
839. Cebolinha em apuros! – Mauricio de Sousa
840. Sócios no crime – Agatha Christie
841. Bocas do tempo – Eduardo Galeano
842. Orgulho e preconceito – Jane Austen
843. Impressionismo – Dominique Lobstein
844. Escrita chinesa – Viviane Alleton
845. Paris: uma história – Yvan Combeau
846. (15). Van Gogh – David Haziot
847. Maigret e o corpo sem cabeça – Simenon
848. Portal do destino – Agatha Christie
849. O futuro de uma ilusão – Freud
850. O mal-estar na cultura – Freud
851. Maigret e o matador – Simenon
852. Maigret e o fantasma – Simenon
853. Um crime adormecido – Agatha Christie
854. Satori em Paris – Jack Kerouac
855. Medo e delírio em Las Vegas – Hunter Thompson
856. Um negócio fracassado e outros contos de humor – Tchékhov
857. Mônica está de férias! – Mauricio de Sousa
858. De quem é esse coelho? – Mauricio de Sousa
859. O burgomestre de Furnes – Simenon
860. O mistério Sittaford – Agatha Christie
861. Manhã transfigurada – Luiz Antonio de Assis Brasil
862. Alexandre, o Grande – Pierre Briant
863. Jesus – Charles Perrot
864. Islã – Paul Balta
865. Guerra da Secessão – Farid Ameur
866. Um rio que vem da Grécia – Cláudio Moreno
867. Maigret e os colegas americanos – Simenon
868. Assassinato na casa do pastor – Agatha Christie
869. Manual do líder – Napoleão Bonaparte
870. (16). Billie Holiday – Sylvia Fol
871. Bidu arrasando! – Mauricio de Sousa
872. Desventuras em família – Mauricio de Sousa
873. Liberty Bar – Simenon
874. E no final a morte – Agatha Christie
875. Guia prático do Português correto – vol. 4 – Cláudio Moreno
876. Dilbert (6) – Scott Adams
877. (17). Leonardo da Vinci – Sophie Chauveau
878. Bella Toscana – Frances Mayes
879. A arte da ficção – David Lodge
880. Striptiras (4) – Laerte
881. Skrotinhos – Angeli
882. Depois do funeral – Agatha Christie
883. Radicci 7 – Iotti
884. Walden – H. D. Thoreau
885. Lincoln – Allen C. Guelzo
886. Primeira Guerra Mundial – Michael Howard
887. A linha de sombra – Joseph Conrad
888. O amor é um cão dos diabos – Bukowski